AMADOU HAMPÂTÉ BÂ

IL N'Y A PAS DE PETITE QUERELLE

Nouveaux contes de la savane

Contes choisis et présentés
par Hélène Heckmann

Stock

ISBN 2-266-10460-8

AMADOU HAMPÂTÉ BÂ

Amadou Hampâté Bâ, descendant d'une famille aristocratique peule, est né au Mali en 1900. Écrivain, historien, ethnologue, poète et conteur, il est l'un des plus grands spécialistes de la culture peule et des traditions africaines.
Chercheur à l'Institut français d'Afrique Noire de Dakar dès 1942, Amadou Hampâté Bâ fut l'un des premiers intellectuels africains à recueillir, transcrire et expliquer les trésors de la littérature orale traditionnelle ouest-africaine – contes, récits, fables, mythes et légendes. Ses premières publications datent de cette période. En 1962, au Conseil exécutif de l'UNESCO, où il siégeait depuis 1960, il a attiré l'attention sur l'extrême fragilité de la culture ancestrale africaine en lançant un cri d'alarme devenu célèbre : "En Afrique, quand un vieillard meurt, c'est une bibliothèque qui brûle."
Outre des contes, comme *Petit Bodiel et autres contes de la savane*, Amadou Hampâté Bâ a également écrit des ouvrages d'Histoire, des essais religieux, comme *Jésus vu par un musulman*, ou *Vie et enseignement de Tierno Bokar, le sage de Bandiagara*, ainsi que ses mémoires, *Amkoullel l'enfant peul*, suivi de *Oui, mon commandant*, publiés en France à partir de 1991.
Amadou Hampâté Bâ est mort à Abidjan en mai 1991.

DU MÊME AUTEUR
CHEZ POCKET

CONTES INITIATIQUES PEULS

Introduction

Conte, conté, à conter...
Es-tu véridique ?
Pour les bambins qui s'ébattent au clair de lune, mon conte est une histoire fantastique.
Pour les fileuses de coton pendant les longues nuits de la saison froide, mon récit est un passe-temps délectable.
Pour les mentons velus et les talons rugueux[1], *c'est une véritable révélation.*
Je suis à la fois futile, utile et instructeur...

Lorsque le conteur lance à son auditoire ce préambule traditionnel du grand conte peul initiatique « Kaïdara »[2], les choses sont claires dès le départ : il s'agit d'un conte recélant plusieurs niveaux possibles d'interprétation. Récit merveilleux pour les petits enfants, récit d'aventures agréable parsemé de leçons

1. C'est-à-dire les gens d'âge et d'expérience, ceux dont les talons se sont usés à la marche...
2. In *Contes initiatiques peuls*, Stock.

utiles, éducatives ou morales pour les veillées du soir, il contient en revanche, pour ceux dont l'esprit a mûri (les mentons velus et les talons rugueux), des enseignements profonds cachés derrière les apparences des mots et des images, enseignements que l'on met parfois toute une vie à découvrir et à comprendre.

Aucun des treize contes présentés ici n'est un grand « conte initiatique » à la manière de « Kaïdara », dans la mesure où aucun n'évoque la trajectoire complète d'une quête de vérité avec les épreuves spécifiques qui en jalonnent le chemin à l'aller comme au retour. Et pourtant, derrière le rire ou l'aspect simplement récréatif de ces aventures plaisantes, contées dans le style vif et coloré d'Amadou Hampâté Bâ chez qui l'humour n'est jamais absent, se glissent nombre d'observations précieuses, véritables traits de lumière jetés sur tel ou tel aspect, bon ou mauvais, de la nature humaine. Comme l'a souvent dit Amadou Hampâté Bâ, il est peu de choses, dans la tradition africaine, qui soient purement récréatives et gratuites, dépourvues d'une visée éducative ou d'une fonction de transmission de connaissances : « Tout conte, précisait-il, est plus où moins initiatique, parce qu'il a toujours quelque chose à nous apprendre sur nous-mêmes »[3].

Les contes, supports de formation et d'éducation pour les différentes classes d'âge auxquelles ils s'adressent, constituent en Afrique ce qu'Amadou Hampâté Bâ appelait « une véritable pédagogie

3. Extrait d'entretiens privés (enregistrements Jean Sviadoc).

orale » : « À défaut de livres, notre enseignement se trouve dans les contes, les maximes, les traditions orales » ... « Les contes, parole vivante qui nous vient des ancêtres, sont appelés "le message d'hier, destiné à demain, transmis à travers aujourd'hui" [4]. » Un tel message, qui passe par le symbole et par l'image et non par des explications rationnelles, a le don de nous toucher, sans que nous nous en rendions toujours compte, au plus profond de nous-mêmes, et de traverser les siècles sans rien perdre de son pouvoir. À ce titre, le conte est un moyen de transmission par excellence.

Mais il joue encore un autre rôle dans la société africaine : lorsqu'on veut reprocher à quelqu'un son comportement ou lui faire prendre conscience de certains de ses défauts, on ne le lui dit jamais directement. On passe par l'intermédiaire d'un conte ou d'un proverbe qui correspondent exactement à son cas (cela se pratique encore aujourd'hui). L'intéressé s'y reconnaît parfaitement, mais ne se vexe pas parce qu'il n'est pas nommé. Parfois, il est même le premier à en rire. Le conte sert alors de moyen de communication (ce que Suzy Platiel [5] appelle la « parole détournée »). « Dans la société africaine, disait Amadou Hampâté Bâ, l'image, ou le conte, est

4. Citations extraites des entretiens privés cités précédemment, mais dont certains éléments ont été dits par Amadou Hampâté Bâ en de nombreuses autres occasions (par exemple la définition du conte en tant que « Message d'hier... » etc.). Cf. aussi la postface figurant à la fin du livre *Petit Bodiel et autres contes de la savane*, Stock.

5. Ethno-linguiste, chercheur au CNRS, Suzy Platiel a particulièrement étudié le rôle des contes africains (notamment dans la formation de l'enfant) au sein de l'ethnie Saman, au Burkina Faso.

le meilleur moyen pour louer ou blâmer les gens sans exciter leur orgueil ni blesser leur amour-propre [6] ».

C'est exactement ce qui se passe avec les treize contes présentés ici. À travers ces récits – « dont l'origine se perd dans la nuit des temps [7] » – c'est à chacun de nous que le discours s'adresse. En fait, le grand héros de ces contes, c'est l'Homme, capable du meilleur comme du pire, quelles que soient son origine et l'époque où il vit. C'est pourquoi certains de ces contes nous paraissent si étonnamment familiers, si étonnamment actuels.

Ces récits sont de diverses origines. Certains ont été identifiés par Amadou Hampâté Bâ lui-même en tant que « contes peuls ». Ceux qui ne portent aucune indication d'origine existent – avec des variantes – dans diverses ethnies du Mali ou de l'Ouest africain [8].

De nature disparate, ils relèvent de l'une ou l'autre des grandes familles de contes existant en Afrique – et sans doute ailleurs. Tous présentent cependant un point commun : quelle que soit la nature du récit, chacun d'eux éclaire en effet un type de comportement individuel ou social. On peut imaginer qu'Amadou Hampâté Bâ les a choisis pour cette raison.

6. Extrait d'un projet de réponse d'Amadou Hampâté Bâ au questionnaire d'un étudiant portant sur des sujets divers. Manuscrit d'archives inédit.

7. *Idem.*

8. Pour plus de précisions sur ces manuscrits d'archives, voir l'annexe, p. 161.

Cinq d'entre eux – comme tant d'autres fables du monde entier – mettent en scène à la fois des personnages animaux et des personnages humains, ou seulement des personnages animaux. Selon Amadou Hampâté Bâ, « si la tradition africaine se sert des animaux pour ridiculiser certains défauts humains et censurer les mœurs, c'est parce que l'homme, "animal-vertical-parlant", susceptible et orgueilleux, aime entendre critiquer les autres ou les critiquer lui-même, mais ne souffre pas que l'on fasse ressortir ses propres faiblesses. Et lorsque cette même tradition se sert des animaux pour valoriser certaines vertus et qualités, c'est pour elle un moyen de ne pas encourager chez l'homme le plaisir qu'il éprouve à entendre ses propres louanges.

« Dans ce type de contes, chaque animal revêt un symbolisme particulier. Ainsi le lion – qui représente toujours le roi du pays – incarne la force, la majesté, le courage, la sobriété. La hyène représente l'imbécillité, la naïveté, la gourmandise, la précipitation irréfléchie, la laideur ; c'est aussi un personnage qui commet souvent des incongruités. Le lièvre, lui, symbolise à la fois la ruse et la peur ; en tant qu'animal rusé, il incarne toujours le petit malin, le galopin facétieux qui aime à jouer des tours. La panthère, elle, est symbole de rapidité, d'adresse, de sveltesse, mais aussi de traîtrise et de férocité. La tortue, modèle de durée et de lenteur, représente la longévité et la protection. La tourterelle est souvent porteuse de message ; elle évoque la paix, la beauté et la délicatesse. Le pigeon, lui, incarne l'amour, la galanterie et le badinage. L'hippopotame exprime la laideur, la brutalité, la stupidité, la déprédation, tandis que l'éléphant symbolise la force, l'intelligence, la sociabilité et la reconnaissance[9] ».

Dans certains des contes présentés ici, les « mentons velus et les talons rugueux » – ce qui englobe les gens de réflexion et d'expérience de tous âges et de tout sexe[10] – reconnaîtront sans peine des thèmes « individuels » tels que l'ingratitude *(L'homme et le crocodile)*, la méchanceté gratuite *(La coépouse bossue)*, la suffisance religieuse menant à l'exploitation d'une population crédule *(Le marabout trop gourmand)*, mais aussi la persévérance, la fidélité et l'amour *(Le chapelet d'or)* – alors que d'autres contes stigmatisent certaines tares ou faiblesses de la société humaine de tous les temps : danger de l'indifférence individuelle ou générale devant un conflit modeste car « il n'y a pas de petite querelle, comme il n'y a pas de petit incendie » *(La querelle des deux lézards)* ; ridicule du pouvoir despotique quand celui-ci s'isole et prétend n'avoir besoin du conseil de personne *(Le roi qui voulait tuer tous les vieux)* ; dangers de l'aveuglement religieux et du fanatisme en général *(La mare aux guenons*, où l'on retrouve l'écho, à la fin, de la pensée d'Amadou Hampâté Bâ*)*.

9. Extrait du projet de réponse d'Amadou Hampâté Bâ cité précédemment.

10. Amadou Hampâté Bâ a souvent rappelé qu'en Afrique le mot « vieillard » désigne « celui qui connaît » quel que soit son âge, et qu'il pouvait exister « des vieillards de vingt ans et des enfants de soixante-douze ans ». (Émission télévisée *Un certain regard : Amadou Hampâté Bâ*, ORTF, 1969, et *Archives sonores de l'Afrique noire*, disque 4, entretiens avec Amadou Hampâté Bâ sur la tradition orale, RFI/CLEF, Paris, 1975).

Quant au conte final *« Le cadavre de Hyène-Mère »* (pastiche jubilatoire d'un « procès de Haute Cour royale » créé et développé par Amadou Hampâté Bâ à partir d'un petit conte traditionnel [11]), il pourfend avec un humour désopilant la prétention des « puissants » à exercer la justice au profit des seuls *« gros et gras du régime »*.

À la fin de certains contes, Amadou Hampâté Bâ a parfois ajouté un commentaire personnel. Quand il cite des commentaires émanant de tierces personnes, celles-ci sont alors nommément désignées.

On trouvera aussi dans ce recueil deux récits d'aventures qui relèvent, eux, de la grande famille des « contes à transformation », contes où le héros, homme ou femme, est caché sous une apparence repoussante jusqu'à l'heureux dénouement final. Le premier de ces contes (*La fille au masque de bois*, véritable « Peau d'âne » africaine) rappelle, entre autres choses, que l'on cherche parfois très loin ce qui était caché tout près de soi, et qu'il faut se garder de juger d'après les apparences...

Il comporte aussi (comme le conte *Le chapelet d'or* cité plus haut, mais selon des modalités différentes), le thème de la quête d'un objet précieux perdu ou volé. Les amateurs de symboles retrouveront là le thème universel du voyage entrepris en vue de retrouver un « bijoux précieux », voyage illustrant la quête d'une réalité spirituelle perdue, trésor oublié

11. Le texte de ce conte initial figure à la fin de l'annexe, p. 161.

qui, en fait, attend le voyageur depuis toujours « chez lui », c'est-à-dire au cœur même de son être.

Un détail, toutefois, nous indique que dans ce conte peul, *La fille au masque de bois*, le héros de l'histoire n'est pas allé aussi loin dans sa quête que le héros de cet autre conte peul qu'est *Kaïdara*. Au contraire de ce dernier, lorsque notre voyageur parvient aux rives du « fleuve de la limite » séparant le monde visible du monde invisible, il ne lui est pas permis de le franchir ; et lorsqu'il arrive au terme de ses aventures, son histoire débouche sur le bonheur et la « remise en ordre » de sa personnalité, alors que la quête du héros de *Kaïdara*, dépouillée de tout intérêt personnel, débouche, elle, sur la Connaissance grâce aux révélations finales du dieu Kaïdara lui-même. Mais ce ne sont là que quelques perspectives parmi d'autres. Comme le disait Amadou Hampâté Bâ, les contes comportent de multiples niveaux de signification, et la même image peut exprimer plusieurs sens selon l'entendement des gens. Il appartient à chacun de découvrir ces richesses latentes. Il y faut parfois toute une vie [12]...

Le second conte à transformation *(Le berger bossu-bossu)* est un long récit d'aventures à la fois fantastiques et chevaleresques, éclairé par la fidélité d'un amour fraternel et d'un amour conjugal également profonds. Il est trop riche en péripéties, rebondissements et symboles divers pour qu'on se hasarde à le définir ; tout au plus peut-on se permettre quelques

12. Extrait des entretiens enregistrés par Jean Sviadoc, cités précédemment.

observations au fil des pages. Entre autres choses, à travers le portrait d'un héros rendu méconnaissable par sa transformation et souffrant sans mot dire des humiliations de toutes sortes, ce conte valorise un type de comportement hautement apprécié et enseigné dans la société africaine : la maîtrise de soi, la maîtrise de sa parole, la faculté de tout supporter sans se plaindre et sans perdre son calme. Jamais, en effet, le héros ne cède à la tentation de révéler qui il est vraiment, même pas à sa sœur bien-aimée, même pas à son épouse ; la révélation se fait tout naturellement le moment venu, amenée par les événements eux-mêmes. Comme le rappelait Amadou Hampâté Bâ au cours d'une émission télévisée [13], on enseignait jadis aux jeunes que « les deux plus grandes forces de la vie sont la patience et l'humilité ».

Ces deux contes à transformation (*La fille au masque de bois* et *Le berger bossu-bossu*) enseignent aussi, comme dit plus haut, qu'il ne faut jamais juger quoi que ce soit d'après les apparences. C'est d'ailleurs l'une des leçons majeures du conte initiatique *Kaïdara.* Dans ce dernier conte, à un moment donné, le dieu Kaïdara lui-même se présente aux trois voyageurs sous la forme d'un vieillard pouilleux, difforme et repoussant. Seul Hammadi, le héros du conte, pressentant chez ce vieillard étrange une grandeur cachée, ne tient pas compte de son aspect et le traite avec égards ; aussi reçoit-il de lui quelques conseils qui, précisément, l'aideront plus tard à

13. Émission télévisée *Un certain regard : Amadou Hampâté Bâ*, citée précédemment.

triompher d'épreuves déterminantes. « Il faut apprendre, disait Amadou Hampâté Bâ, à écouter les contes, les enseignements, les légendes, ou à regarder les objets, à plusieurs niveaux à la fois. C'est cela, en réalité, l'initiation. C'est la connaissance profonde de ce qui est enseigné à travers les choses, à travers la nature et les apparences. Tout ce qui est enseigne en une parole muette. La forme est langage. L'être est langage. Tout est langage[14]. »

*

À chacun de découvrir dans ces contes ce qui lui parlera, ou de se laisser simplement emporter par le plaisir de la lecture. Comme le chantent les jeunes Bambaras les nuits de nouvelle lune : « La nouvelle lune est apparue. Que chacun cherche ce qui lui est propre ! Personne ne jouira du soleil d'un autre[15]... »

Hélène Heckmann,
exécutrice testamentaire littéraire
d'Amadou Hampâté Bâ.

14. Amadou Hampâté Bâ, « En Afrique, cet art où la main écoute », in *Le Courrier de l'Unesco*, numéro de février 1976, « A la recherche d'une identité culturelle ».

15. Amadou Hampâté Bâ, in *Afric'Échos*, avril-mai 1981 (périodique ivoirien).

Avec tous mes remerciements à Christiane Seydou[16], *conseillère amicale et précieuse en bien des occasions, à qui l'on doit ici la très grande majorité des références bibliographiques citées dans les notes*[17] *ainsi que les indications sur l'origine, ou les variantes, de certains contes.*

16. Ethno-linguiste, directeur de recherches au CNRS, et amie de longue date d'Amadou Hampâté Bâ.

17. Les notes de bas de page sans indication d'origine sont d'Amadou Hampâté Bâ lui-même. Les notes ajoutées par moi portent l'indication *H.H.*, celles qui sont dues aux renseignements fournis par Christiane Seydou l'indication *Ch. S.* Les références bibliographiques sont, bien entendu, non exhaustives, étant donné la surabondance de publications en matière de contes africains.

La querelle des deux lézards

ou

Il n'y a pas de petite querelle

Au temps où les créatures de la terre se comprenaient encore entre elles, un chef de famille aisé vivait dans un petit village, au sein d'une contrée fertile. Sa vieille mère était encore auprès de lui.

Dans le vaste enclos familial qu'entouraient les cases des différents membres de la maisonnée, plusieurs animaux, parmi lesquels un chien, un coq, un bouc, un bœuf et un cheval, déambulaient en liberté.

Un jour, dans un village situé à environ deux jours de marche, un vieillard, réputé pour sa sagesse, vint à mourir. Le chef de famille fut obligé de s'absenter pour se rendre à ses funérailles, en compagnie de quelques autres habitants du village.

« Je me sens très fatiguée, lui dit sa vieille maman. Reviens le plus vite possible.

– Sois tranquille, mère, je ne m'attarderai pas. Dans cinq ou six jours au plus, je serai de retour. »

Sa mère lui donna sa bénédiction pour le voyage, puis alla s'allonger dans sa case.

Au moment du départ, le chef de famille appela le chien :

« Chien ! dit-il. Pendant mon absence, tu seras le gardien de la maison. Tiens-toi ici, à l'entrée de l'enclos. Surveille tout ce qui se passe au-dedans comme au-dehors, et en aucun cas ne quitte ton poste ! Si un incident se produit à l'intérieur, que le coq, le bouc, le bœuf ou le cheval s'en occupent et remettent de l'ordre s'il le faut. Tu m'as bien compris ?

– Oui maître ! » dit le chien. Et, joignant le geste à la parole, il frétilla de la queue et présenta sa tête pour être caressé. Le maître lui tapota gentiment le crâne, puis, rassuré, partit rejoindre ses compagnons de route.

Deux jours après son départ, un matin de très bonne heure, alors que les premiers rayons du soleil commençaient à peine à dorer le toit des cases, le chien perçut un bruit étrange qui semblait venir de la case de la vieille maman. Celle-ci, à l'abri d'une moustiquaire, reposait encore. Une lampe à huile brûlait doucement à ses côtés.

Justement le coq de la maison était en train de picorer devant la case de la vieille femme, à la recherche de quelques grains de mil échappés des mortiers.

« Coq ! Coq ! appela le chien.

– Que me veux-tu, chien ?

– Quel est ce bruit qui semble venir de la case où repose la mère du maître ?

– Ce sont deux lézards qui se battent, accrochés au plafond de la case. Voilà déjà un bon moment qu'ils se disputent le cadavre d'une mouche morte.

— Je t'en prie, coq, va leur demander de cesser leur lutte. Et s'ils ne veulent rien savoir, oblige-les à se séparer.

— Comment, chien ! s'indigna le coq, la crête frémissante. Tu me demandes à moi, roi de la basse-cour, chargé d'annoncer chaque matin l'apparition du soleil, d'aller m'occuper d'une querelle de lézards ?

— La mère de notre maître est malade, insista le chien. Le bruit que font les lézards peut l'incommoder. Et puis, il n'y a pas de petite querelle, comme il n'y a pas de petit incendie. Nul ne sait ce qui peut en résulter...

— Va donc les séparer toi-même !

— Je ne peux pas. Le maître m'a ordonné de ne pas bouger de cet endroit...

— Alors débrouille-toi ! Ce n'est pas mon affaire. D'ailleurs, qui peut se soucier d'une querelle de lézards !... » Et, soulevant les longues plumes de sa queue, le coq recommença à picorer par-ci par-là.

Le bouc, barbu comme un patriarche, vint à passer.

« Bouc ! Bouc ! appela le chien.

— Que me veux-tu ? dit le bouc.

— Voudrais-tu aller séparer les deux lézards qui se battent dans la case de notre maîtresse ? Il n'y a pas de petite querelle...

— Pour qui me prends-tu ? chevrota le bouc. C'est bien à moi que tu t'adresses, moi, le maître incontesté de toute une maisonnée de chèvres, alors que le coq lui-même n'a pas voulu s'occuper de cette affaire ? Si cette bagarre te gêne, pourquoi ne pas t'en occuper toi-même ?

– J'ai reçu l'ordre du maître de ne pas quitter la porte durant toute son absence.

– Eh bien, reste à la porte, laisse-nous en paix, et laisse les lézards à leur querelle ! Tout ce qui peut leur arriver, c'est de tomber et de se fracasser la tête sur le sol, et ce sera bien fait pour eux ! Jamais guerre de lézards n'a nui à personne... Une querelle de lézards, vraiment !... » Et, relevant dédaigneusement sa barbiche, le bouc s'éloigna...

Pendant ce temps, les deux lézards continuaient de s'entremêler, de se mordiller, de se donner des coups de patte et de pousser des crachotements furieux. Inquiet, le chien appela le bœuf, qui ruminait tranquillement dans un coin de la cour :

« Bœuf ! Bœuf !

– Que me veux-tu ? mugit le bœuf, sans doute dérangé dans quelque rêve agréable.

– Deux lézards se battent dans la case de notre maîtresse. Voudrais-tu aller les séparer ? Aucune querelle n'est petite. Nul ne sait ce qui peut en résulter...

– Une querelle de lézards ! s'esclaffa le bœuf. Tu veux que moi, bœuf, le plus fort et le plus ancien des animaux de cette maison, je m'occupe d'une querelle de lézards ? Pas un mot de plus, chien ! Ou d'un coup de mes cornes effilées je te transperce le ventre ! »

Le chien rabattit ses oreilles et se tut. Les lézards, crachotant de plus belle, continuaient de se battre furieusement.

Voyant passer le cheval, le chien fit une dernière tentative :

« Cheval ! Cheval !

– Qu'y a-t-il, chien ?

– Voudrais-tu aller séparer les deux lézards qui se battent pour une mouche morte dans la case de la vieille maman ? Comme tu le sais, il n'y a pas de petite querelle...

– Vraiment, chien, hennit le cheval, tu as une bien mauvaise opinion de moi ! Quand le coq, le bouc et le bœuf ont refusé de s'occuper de cette affaire ridicule, tu veux que ce soit moi, le plus noble des animaux, un pur-sang consacré uniquement à la course, qui aille m'en occuper ? Que veux-tu que cela me fasse, à moi, une querelle de lézards pour une mouche morte ! Va donc t'en occuper toi-même !

– Je ne peux pas, dit le chien. J'ai reçu l'ordre de ne pas quitter mon poste.

– Eh bien, restes-y et laisse-nous en paix ! Jamais guerre de lézards n'a gêné personne. » Et, secouant sa crinière, le cheval s'éloigna à son tour.

Désemparé, ne sachant plus que faire, le chien se tut. Les oreilles basses, le museau posé sur ses pattes antérieures, il regardait tristement la cour où chacun vaquait, se promenait ou se reposait sans se soucier de rien.

Mais voilà que nos deux lézards, à force de se tortiller, se détachent du plafond et viennent tomber sur la lampe à huile. La mèche enflammée sort de la lampe, elle effleure la moustiquaire, la moustiquaire prend feu, et bientôt le lit est en flammes. La vieille maman appelle au secours... Des cris s'élèvent de partout dans l'enclos... On accourt, on dégage la pauvre femme, et à force de jeter des calebasses pleines d'eau sur le lit on réussit à éteindre le feu. Hélas, la pauvre vieille est gravement brûlée. Elle respire encore, mais sa vie ne tient qu'à un fil.

Le guérisseur du village est appelé en hâte. Il examine la malade, hoche la tête... « Il faut badigeonner les brûlures avec du sang de poulet, dit-il. Trouvez-m'en un, je vais le sacrifier et prononcer sur lui les paroles rituelles. Ensuite, faites un bouillon avec ses restes et essayez d'en faire boire à la malade.

– Justement, il y a un coq dans la cour ! » s'écrie quelqu'un. On se précipite, on donne la chasse au coq qui court en tous sens, battant des ailes et poussant des glapissements de protestation. Peine perdue ! Bientôt un homme l'attrape, le saisit par les pattes et l'emporte au-dehors pour être sacrifié.

Comme il passe devant le chien, pendu par les pattes et la tête ballottante, la voix tout enrouée à force d'avoir crié, le coq gémit :

« Ah ! chien ! Si seulement je m'étais occupé de cette querelle de lézards ! Voilà qu'aujourd'hui je vais y laisser ma vie !

– Eh oui ! fait le chien. Je te l'avais bien dit, qu'il n'y a pas de petite querelle. Si tu m'avais écouté, tu n'en serais pas là maintenant. »

Après le sacrifice du coq, on badigeonne les brûlures de la malade avec le sang recueilli, puis on prépare un bon bouillon de poulet. Quelqu'un va jeter les os au chien. « Pauvre coq ! dit celui-ci. Si tu avais accepté d'user de ton autorité pour arrêter cette bagarre, on ne me donnerait pas aujourd'hui tes os en guise de repas... »

Hélas ! Avant même d'avoir pu avaler une gorgée de bouillon, la vieille maman, trop gravement atteinte, rend son dernier soupir. Alors que tous se lamentent dans la maison, un homme va chercher le cheval pur-sang, le selle et le fait monter par un jeune garçon habitué des courses de chevaux. Il lui tend une cravache. « Fais vite ! lui dit-il. Fonce jusqu'au village où se trouve le chef de famille, annonce-lui le décès de sa mère et ramène-le immédiatement. Lui seul peut s'occuper des funérailles. »

Le jeune garçon, ravi de monter le pur-sang, s'élance d'un bond sur son dos, le cingle d'un coup de cravache et, poussant un grand cri, le fait démarrer comme une flèche. Durant des heures il le fait galoper, galoper, galoper... À force de cris, de coups de cravache et de coups de talon, il le pousse tellement que le pauvre cheval, haletant, l'écume ruisselant des mâchoires, arrive au village voisin en fin de matinée, juste comme le soleil se trouve droit au-dessus des crânes.

Le garçon aperçoit le chef de famille parmi les hommes assemblés, et va lui annoncer le drame. Bouleversé, ce dernier n'a qu'une idée en tête : rentrer chez lui sans perdre un instant afin de rendre à sa mère les derniers devoirs qu'il lui doit. Sans se soucier de chercher une monture plus fraîche, il bondit sur le dos du pur-sang encore couvert de sueur, prend le gamin en croupe et, à grands coups de cravache, lance à son tour le cheval sur le chemin du village.

Pauvre pur-sang, qui se considérait comme trop noble pour s'occuper d'une vulgaire histoire de lézards !... Jamais encore il n'a été soumis à pareille épreuve ! Fouetté, éperonné, une double charge sur le dos, le voilà forcé de refaire au grand galop la longue route qu'il a déjà parcourue le matin avec tant de mal.

Couvert d'écume, les flancs ensanglantés, les yeux hors des orbites, vers la fin de l'après-midi il arrive enfin devant l'enclos familial. Le maître et le gamin sautent à terre et rejoignent les membres de la maisonnée. Quant au pauvre cheval, les poumons en feu, crachant une écume rougeâtre, il fait encore quelques pas... Puis, le cœur à bout, il s'écroule à côté du chien. Comme on dit en Afrique, « son cœur a éclaté ».

Avant d'expirer, il trouve encore la force de dire dans un dernier souffle :

« Ah ! chien ! Si seulement j'avais écouté ton conseil, je ne laisserais pas ma vie aujourd'hui dans cette querelle de lézards !

— Hélas, mon ami ! soupire le chien. Voilà les tristes conséquences d'une "petite querelle" ! »

Pendant ce temps, le chef de famille, après s'être recueilli auprès du corps de sa mère, ordonne le creusement de la tombe. Or, selon la coutume du village, avant d'enterrer un défunt il faut d'abord « ouvrir » rituellement sa tombe en y versant du sang de bouc. La chair de l'animal sert ensuite à nourrir les visiteurs venus présenter leurs condoléances.

Aussitôt, deux hommes se saisissent du bouc qui, sans méfiance, se prélassait dans la cour. Ils le tirent par les cornes vers l'emplacement des sacrifices. En passant devant le chien, le bouc chevrote tristement :

« Oh, chien ! Combien tu avais raison ! Si seulement je m'étais occupé de cette querelle de lézards, aujourd'hui on ne me sacrifierait pas !

– Hélas oui, mon ami ! répond le chien. Si tu avais pris la peine d'arrêter cette petite bagarre, aujourd'hui tu aurais la vie sauve ! »

Une fois le bouc égorgé, un ancien recueille son sang et va « ouvrir » rituellement la tombe de la vieille maman. Celle-ci est enfin inhumée selon les règles, avec tous les honneurs dus à son rang et à son âge. On fait rôtir le reste de la viande pour nourrir les visiteurs, et on porte au chien une bonne part de chair et d'os...

Quarante jours après le décès, moment où l'âme des défunts est censée se libérer des derniers liens qui la retiennent encore dans le monde terrestre, des gens arrivent de tous les villages avoisinants pour participer à la grande cérémonie du « quarantième jour ». Pour nourrir tout ce monde, le chef de famille est obligé de sacrifier le bœuf. Avant de mourir, celui-ci lance au chien :

« Ah ! chien ! Si seulement j'avais accepté de m'occuper de cette querelle de lézards !... »

Plein de pitié, le chien pousse un grand soupir. Mais lorsqu'un peu plus tard on lui apporte une énorme part d'os et de morceaux de viande, il les dévore sans façon...

Ainsi, à cause de la bataille de deux petits lézards pour une mouche morte, modeste querelle dont personne ne voulut s'occuper, non seulement nos fiers amis le coq, le bouc, le bœuf et le cheval y laissèrent la vie, mais il en résulta un incendie, et une mort qui endeuilla toute la maisonnée... Seul le chien, fidèle à son devoir, sortit indemne de cette tourmente, et y trouva même une récompense inattendue...

*

C'est ce conte[1] *– parfois intitulé « Un rien tue tout » – qui, en Afrique, sert à illustrer l'adage : « Il n'y a pas de petite querelle, comme il n'y a pas de petit incendie. »*

Chez nous les vieux enseignent aux jeunes : « Dès que vous assistez à une querelle, si minime soit-elle, intervenez, séparez les combattants et faites tout pour les réconcilier ! Car le feu et la querelle sont les deux seules choses qui, sur cette terre, peuvent mettre au monde des enfants plus colossaux qu'eux-mêmes : un incendie ou une guerre. »

1. En octobre 1969, sous une forme très résumée, Amadou Hampâté Bâ a utilisé ce conte au Conseil exécutif de l'Unesco à propos du conflit arabo-israélien, pour faire prendre conscience à chacun des dangers potentiels d'une telle situation. Il a laissé plusieurs versions de ce conte dans ses archives. C'est la version la plus complète qui en est présentée ici. *(H.H.)*

Cf. aussi Gérard Meyer, *Contes du pays malinké* (Paris, Karthala, 1987), pp. 18-19. *(Ch.S.)*

Le roi qui voulait tuer tous les vieux

ou

Nul ne peut voir tout seul le sommet de son crâne

Dans une cité de haute brousse, au cœur du royaume de Toula-Heela, un jour le roi mourut. M'Bonki [1], son fils unique, lui succéda. Hélas, encore jeune et inexpérimenté, M'Bonki fut si grisé par le pouvoir dont il venait d'hériter que bientôt il aspira à l'exercer sans limites, et surtout sans se heurter aux éternelles remontrances des vieux. Il ne voulait qu'une chose : pouvoir commander librement aux jeunes de son village et leur faire subir toutes ses fantaisies sans être gêné par personne.

Une nuit, il rêva que des vieillards, marchant à la queue leu leu, venaient l'un après l'autre lui faire la leçon et contrecarrer ses volontés. Le matin même, il fit réunir tous les jeunes gens du village sur la grand-place qui faisait face au palais, et donna ordre à chacun d'eux d'aller tuer son père, ses grands-pères... bref, de tuer tous les vieux du village ! Et il les menaça de mort s'ils ne s'exécutaient pas. « Je veux,

1. Ce nom peul signifie « mauvais », « mal » (même racine que le nom « Boné » dans le conte « Bon débarras », p. 61).

leur dit-il, que mon pays soit comme la nature aux premières pluies de l'hivernage[2], qu'il n'y ait partout que de l'herbe verte et pas un seul brin d'herbe desséchée ou jaunie par le temps. Désormais, je ne veux voir partout que des visages jeunes ! »

Accablés, les garçons se retirèrent et firent ce qu'on leur avait ordonné. Tous, sauf un.

Ce dernier, nommé Taasi, était très attaché à son vieux père, dont il admirait la sagesse. Aussi, à la nuit tombée, sans faire de bruit, il le fit sortir de sa case. Coupant à travers les hautes herbes pour échapper aux regards, il le conduisit jusqu'à une grotte qu'il avait découverte au flanc d'une colline. Il l'y installa, plaça à côté de lui une bonne provision de nourriture et d'eau, et promit de revenir le voir chaque soir en cachette.

Le lendemain matin, le roi réunit de nouveau les jeunes gens.

« Alors, tous les vieux sont-ils morts ? demanda-t-il.

– Oui, répondirent les jeunes gens.

– C'est bien. Maintenant, je vais vous demander de faire quelque chose pour moi. Voilà : je voudrais que vous réalisiez pour ma monture royale, cet alezan doré qui, comme vous le savez, ne boit que du lait provenant des vaches blanches du Sahel, une entrave uniquement tressée avec des grains de sable fin. Apportez-la-moi dans trois jours. Sinon, le bourreau que voilà vous coupera la tête ! » Et, tout content, il rentra dans son palais.

2. En Afrique, l'hivernage est la saison des pluies.

Les jeunes gens, stupéfaits, restèrent figés sur place. Pendant un moment, ils en perdirent même l'usage de la parole. Comme ils retrouvaient leurs esprits, les exclamations fusèrent de tous côtés : « Comment ! Une entrave faite avec du sable ? Mais c'est impossible ! » disait l'un. « Par quel moyen allons-nous y arriver ? gémissait un autre... On tisse des fibres, pas du sable ! » « Attention ! fit le plus âgé. Quand le roi dit quelque chose, il le fait. Et si nous n'arrivons pas à lui fournir ce qu'il demande, il va tous nous tuer ! »

Ils avaient beau réfléchir, se lamenter, invoquer les mânes des ancêtres, aucun ne trouva de solution miracle...

Le soir venu, Taasi, le garçon qui avait sauvé son père, alla retrouver celui-ci dans sa grotte afin de lui apporter son repas du soir. Conformément à l'usage, il attendit que son père ait fini de se restaurer pour lui parler de ce qui le tourmentait.

« Père, lui dit-il, le roi M'Bonki, après avoir fait tuer tous les vieux, s'apprête à exécuter tous les jeunes.

– Qu'il s'en garde bien ! s'exclama le vieil homme. Un chef qui tue tous ses sujets ne deviendra rien d'autre qu'un gardien de cimetière... Et pourquoi ferait-il cela ?

– Il vient de demander à tous les jeunes du village de réaliser une chose impossible.

– Ah oui ? Et de quoi s'agit-il ?

– Il nous a ordonné de confectionner une entrave pour son cheval, mais il veut que cette entrave soit faite de grains de sable tressés ensemble. Et si nous ne la lui apportons pas dans trois jours, il nous fera couper la tête. Qu'allons-nous devenir ? Comment lui donner satisfaction ?

– C'est tout simple, dit le vieil homme... Mon fils, approche ton oreille afin que ma bouche y dépose ce que tu diras au roi M'Bonki quand tu seras en face de lui. » Taasi prêta docilement son oreille à la bouche de son père, et retint la leçon que le vieux lui dicta.

Au matin du troisième lever de soleil, les jeunes gens se tenaient sur la place du palais, la tête basse, les yeux rougis à force d'avoir réfléchi jour et nuit à ce qui les attendait.

Le roi apparut.

« Alors, avez-vous tressé mon entrave ? »

Personne n'osa prendre la parole. Un lourd silence s'installa.

« Je vous donne le temps de dix battements de paupières pour répondre, tonna le roi. Sinon, le bourreau commencera son travail et sa main ne s'arrêtera que lorsqu'il ne restera plus aucun d'entre vous ! »

S'armant de courage, Taasi fit un pas en avant et dit :

« Ô roi, chevalier hors pair dont l'alezan doré ne vit que du lait des vaches blanches du Sahel, nous sommes tous tes sujets dévoués jusqu'à la mort. N'avons-nous pas tué nos pères sur un seul mot de toi ?

« Si nous n'avons pas encore tissé ton entrave, ce n'est nullement par esprit de refus, car pour rien au monde nous ne voudrions te mécontenter. Mais dans notre souci de te satisfaire et d'accomplir un travail parfait, nous voudrions que tu nous montres ta vieille entrave de sable afin qu'elle nous serve de modèle. Nous en étudierons la trame et tisserons pour toi une nouvelle entrave si belle qu'elle fera l'admiration de tous ! » Un frémissement de soulagement parcourut l'assemblée des jeunes...

Le roi resta silencieux un moment. Puis il se leva brusquement, fit un signe de la main et dit d'un ton bougon :

« Bon, partez ! Et revenez demain matin ! »

Le lendemain, il leur dit :

« Hier, vous vous êtes montrés très insolents. Non seulement vous n'avez pas exécuté l'ordre que je vous avais donné, mais, avec votre demande, vous m'avez ôté toute possibilité de vous mettre en accusation. Ne vous croyez pas quittes pour autant ! Aujourd'hui, je vous donne l'ordre de me bâtir un palais flottant entre terre et ciel. Allez, exécutez-vous, et revenez ici dans une semaine ! Il y va de votre tête. »

Plus abattus que jamais, les jeunes gens se dispersèrent.

Comme d'habitude, le soir venu, Taasi alla retrouver son père en secret.

« Père, lui dit-il, ce matin le roi nous a demandé de lui construire un palais suspendu entre terre et ciel. Cette fois-ci nous sommes perdus !

— Mais non ! » le rassura le vieil homme. Et il déposa dans son oreille ce qu'il fallait répondre au roi.

Le lendemain, Taasi déclara à ses camarades que, dans la nuit, une nouvelle idée lui était venue. Il la leur expliqua. Pour éviter d'attirer sur lui seul la colère du roi, il fut convenu que, le jour du rendezvous, le plus âgé d'entre eux prendrait la parole en leur nom à tous.

Le matin du septième jour arriva. Tous les jeunes gens se tenaient sur la place. Le roi sortit de son palais, flanqué de deux serviteurs armés de larges éventails pour chasser les mouches et lui faire du vent. Persuadé que, cette fois-ci, ses jeunes sujets n'auraient pas le dernier mot, il vint s'asseoir, l'air satisfait, sur l'estrade royale.

« Alors, fit-il. Avez-vous pensé à ce que je vous ai demandé ? Êtes-vous prêts ? »

Le doyen des jeunes gens s'avança.

« Oui, roi, dit-il, nous sommes prêts. Nous avons réuni tous les matériaux nécessaires, et nous sommes prêts à commencer immédiatement le travail. Mais pour être certains que le palais suspendu correspondra exactement à ce que tu désires, qu'il ne sera ni trop grand ni trop petit, ni trop haut ni trop bas, nous te demandons de tracer pour nous entre terre et ciel le plan de ses fondations... »

Furieux, le roi les renvoya et rentra chez lui.

Quelques jours plus tard, il leur dit :

« Pour vous punir, je vous ordonne de vous réunir tous demain sur la place des exécutions publiques, au moment où le soleil surplombera les crânes des hommes, les cimes des arbres et les dos des animaux. J'y viendrai moi-même, accompagné du bourreau. Si je vous trouve au soleil, je dirai au bourreau de vous couper la tête. Et si je vous trouve à l'ombre, ce sera la même chose. Allez ! A demain ! »

Le soir même, Taasi, désespéré, fit part de cette nouvelle exigence à son père. « Ce n'est pas grave, dit ce dernier. Voici ce qu'il faut faire. »

Et le lendemain matin, quand le roi arriva sur la place des exécutions, à son immense surprise il trouva tous les jeunes gens abrités sous des nasses à poissons[3], mais ces nasses étaient tressées avec de larges cordes dont le nattage était si lâche qu'il laissait passer la lumière. Si bien que l'on trouvait sur la peau des jeunes gens à la fois de l'ombre et du soleil...

« Ah ! ah ! Vous vous êtes mis à l'ombre ! » s'exclama-t-il.

– Non, roi ! firent les garçons. Regarde, nous sommes au soleil. » Et ils montraient les taches de soleil sur leur peau.

« Alors, vous êtes au soleil ?

– Non, roi, nous sommes à l'ombre ! » Et ils montraient les taches d'ombre sur leur peau.

« Vous avez encore eu le dernier mot, s'irrita le roi. Mais la prochaine fois, vous ne vous en tirerez pas si aisément. Venez tous sur la place du palais demain matin. Si vous êtes sur une monture, le bourreau vous tuera. Et si vous venez à pied, il vous tuera aussi. » Et il reprit le chemin du palais, la colère le faisant marcher plus vite qu'il ne sied à un roi respectable.

Taasi retourna voir son père. Au lieu d'être atterré par la nouvelle demande du roi, le vieil homme sourit : « La solution est très facile, mon fils ! Voici ce qu'il faut faire. »

3. Filets de pêche (ou paniers d'osier dans d'autres pays) servant de pièges à poissons. *(H.H.)*

Et le lendemain matin, quand le roi M'Bonki sortit du palais, il découvrit sur la grand-place un spectacle si étonnant qu'il lui arracha un sourire : les jeunes gens étaient tous montés sur des ânons si petits que leurs pieds traînaient à terre. Et tout en étant assis sur leurs montures, ils marchaient en tous sens à travers la place, à grands coups de jambes maladroits... La situation commençait à amuser le roi.

« Ah ! A ce que je vois vous êtes tous montés ! fit-il.

– Non, roi ! Regarde, nous marchons...

– Alors, vous êtes venus à pied ?

– Non, roi ! Tu le vois, nous sommes tous sur le dos de nos montures. »

Piqué au jeu, le roi chercha une nouvelle astuce. « Revenez demain ! leur dit-il. Si vous venez en riant, on vous coupera la tête ; et si vous venez en pleurant, on vous la coupera aussi. J'ai dit ! »

Le lendemain, toujours sur les conseils du vieux père de Taasi, les jeunes gens s'inondèrent les yeux de jus d'oignon. Si bien que lorsqu'ils pénétrèrent sur la grand-place, ils versaient des larmes abondantes tout en riant aux éclats, tellement ils étaient heureux de jouer ce nouveau tour au roi.

Ce dernier sortit du palais. Quand il les vit, pleurant et riant à la fois, il ne put s'empêcher de rire lui aussi. Son cœur se calma, et il comprit que seul un vieil homme caché quelque part avait pu conseiller ainsi les jeunes gens.

« Allons, leur dit-il, rassurez-vous ! Je ne vous ennuierai plus. Tout ce que je vous demande, c'est de me dire si l'un de vous a conservé son vieux. Les réponses que vous m'avez données chaque fois ne peuvent pas venir de vous. Seule l'expérience d'une longue vie peut inspirer une telle sagesse... »

Tout le monde garda le silence. Méfiant, Taasi se taisait aussi.

« Si vous me dites la vérité, ajouta le roi, je ne vous ferai aucun mal. Moi, M'Bonki, roi du pays de Toula-Heela, je déclare sur les mânes de mes ancêtres que si l'un de vous a caché son père quelque part, il peut me l'avouer sans crainte. J'accorderai la vie sauve au vieil homme. Mieux, même, je lui donnerai une place d'honneur auprès de moi, car je viens de comprendre qu'un roi dépourvu de vieux conseillers est semblable à une force aveugle qui cogne sans mesure et va droit au suicide. Voyager par une nuit obscure n'est pas dépourvu de danger ; or, un pays privé de vieux sages est comme un voyage par une nuit sans lune. Que celui qui a sauvé son père me parle donc sans inquiétude. »

Rassuré, Taasi s'avança :

« Ô roi ! Tes sages paroles ont rafraîchi nos cœurs. C'est moi qui ai conservé mon vieux père, et c'est lui qui m'a dicté toutes nos réponses.

— Fais-le venir, dit le roi. Je serai heureux de connaître un tel sage. »

Les jeunes gens allèrent tous ensemble chercher le vieux dans sa grotte, et le ramenèrent en triomphe au village. Le roi, reconnaissant ses erreurs et son inexpérience, prit le vieil homme auprès de lui et en fit son conseiller pour le restant de sa vie.

Et c'est depuis ce temps-là, dit-on, que les rois africains se sont toujours fait entourer d'un « Conseil de vieux »[4]...

4. Ce conte est connu dans de nombreux pays, avec des variantes. Amadou Hampâté Bâ a confié un jour que les deux derniers épisodes (les jeunes gens montés sur de petits ânons et le recours au jus d'oignon) lui avaient été racontés par M. El Mandjara, son collègue marocain au Conseil exécutif de l'Unesco (entre 1962 et 1970). Il les a ajoutés à son récit. *(H.H.)*

L'homme et le crocodile

ou
Le bienfait gâté...

Un jour, il y a très longtemps – alors que les animaux et les hommes se comprenaient encore –, un crocodile imprudent s'était aventuré assez loin sur la terre ferme. Or, ce jour-là, un feu vint à se déclarer dans la brousse aux herbes touffues.

Notre malheureux crocodile, bientôt bloqué par les flammes, ne peut plus rejoindre les eaux maternelles de la rivière. Le feu se rapproche. La fumée l'entoure. Suffoqué, la respiration lui manque. Cherchant son chemin à tâtons, ses pattes heurtant maladroitement les cailloux, il va tout de travers...

Soudain il aperçoit au loin, marchant à grands pas vers le village, un jeune homme robuste qui porte sur la tête une charge de feuilles. Un sac de grande taille pend à ses côtés...

Le crocodile crie, appelle à l'aide. L'homme s'arrête.

« Qu'y a-t-il, crocodile ? Que veux-tu ?

– Je t'en supplie, viens à mon secours. Je vais mourir ici si tu ne me ramènes pas à la rivière.

– Je crains une querelle, dit l'homme.

– Une querelle ? Quelle querelle redoutes-tu ?

– Celle qui résulte d'un bienfait gâté.

– Comment pourrais-je gâter le bienfait d'un homme qui va m'empêcher de périr ? s'exclame le crocodile.

– On verra bien, dit l'homme. Toute chose qui va au soleil finira par sécher[1]... »

Il entoure solidement ses pieds de feuilles vertes pour les protéger du feu, se rapproche du crocodile et lui jette son sac :

« Entre là-dedans ! lui dit-il.

– Pourquoi ?

– Pour que je puisse te porter sans crainte.

– C'est juste ! » dit le crocodile. Et, à force de se tortiller, il finit par entrer dans le sac.

L'homme soulève alors le lourd fardeau, le pose sur sa tête, saute à travers la zone enflammée et court jusqu'au bord de la rivière. Là, il dépose le sac sur le rivage, puis s'éloigne.

« Crocodile, dit-il, te voici arrivé au bord de l'eau !

– Homme généreux ! dit le crocodile du fond de son sac. Je t'en prie, parfais ton geste et la considération dont tu as fait preuve à mon égard, et porte-moi jusque dans l'eau. Alors il sera clair pour moi que je suis vraiment sauvé du feu. »

L'homme retrousse son pagne, ramasse le sac et entre dans la rivière. Afin que le crocodile se sente à l'aise, il dépose son fardeau suffisamment au large.

1. Ou, comme dirait le dicton français : « C'est au pied du mur qu'on connaît le maçon ».

« Tu peux sortir ! lui dit-il. Tu es maintenant dans l'eau. »

Le crocodile sort, se détend, et fait mine de s'engager vers les profondeurs. Tout à coup, avant que l'homme ait eu le temps de regagner le rivage, dans une détente foudroyante il se retourne et lui happe le pied dans ses mâchoires redoutables.

« Ô homme ! dit-il. Ne m'adresse pas de reproches, car depuis une semaine j'étais perdu dans la brousse et de tout ce temps je n'ai rien trouvé à manger. Si je te laissais aller maintenant, je mourrais de faim. »

Indigné par une telle injustice, l'homme s'écrie :

« Tu n'as pas honte de payer ainsi en mal le bien que je t'ai fait ?

– Bon ! dit le crocodile. Attendons que quelqu'un vienne boire à la rivière, et demandons-lui de juger entre nous. »

Quelque temps plus tard, alors que le feu s'était calmé, une vieille jument arrive d'un pas branlant jusqu'au bord de la rivière. Comme elle s'incline et tend le cou pour se désaltérer, le crocodile fouette l'eau de sa queue et dit :

« Vieille jument édentée ! Si tes lèvres touchent l'eau avant que tu n'aies jugé entre moi et cet homme, je te fouetterai de ma queue repliée jusqu'à arracher la peau de ton corps ! Puis je te saisirai de mes dents, je te noierai dans les profondeurs de la rivière et je te mangerai ! Le courant emportera tes os là où tu ne peux même pas l'imaginer !... »

La jument recule précipitamment de quelques pas...

« Que dois-je donc juger entre toi et cet homme ? demande-t-elle en tremblant.

— Prête-moi l'oreille et entends bien ma parole. Je désire que tu me dises si là-bas, chez vous, habitants de la terre ferme, un bienfait est rendu en mal, ou si cela n'arrive jamais. »

A ces mots, la jument lève la tête comme pour prendre le ciel à témoin. Puis, au plus grand étonnement de l'homme et du crocodile qui se demandent si le grand âge ne lui a pas quelque peu fait perdre ses esprits, elle rabat violemment sa tête et la secoue plusieurs fois de haut en bas, retrousse ses lèvres en exposant ses vieilles dents à nu et se met à hennir jusqu'à ce que sa gorge fatiguée n'émette plus que des gargouillements confus. Soulevant la queue, elle fait alors face au crocodile :

« Et qui t'a dit qu'un bienfait ne se rend pas en mal chez les habitants de la terre ferme ?

— Cet homme ! répond le crocodile.

— Eh bien, crocodile ! Sache que si le bienfait n'était point rendu par le mal, je ne serais pas dans l'état où tu me vois aujourd'hui ! Dans notre village, tu ne trouveras pas un seul étalon monté par des cavaliers qui n'ait été mis bas par moi au temps où j'étais une jument fringante qui ne cessait de produire et de reproduire... En ce temps-là, on m'avait logée dans un hangar tapissé de sable fin. Chaque jour on fauchait pour moi de l'herbe fraîche, on me gavait, on m'enduisait de beurre de karité, on peignait ma crinière... Les poils de mes oreilles étaient régulièrement coupés, et mon piquet soigneusement nettoyé. Je ne buvais que de l'eau ayant servi à laver le mil, et chaque fois que je hennissais, mon maître criait contre mon palefrenier.

« Mais... du jour où je suis devenue vieille et ai cessé de produire de beaux petits poulains, du jour où j'ai commencé à perdre mes forces, où mes yeux se sont mis à larmoyer et mes côtes à saillir sur mes flancs, du jour où mes jambes se sont mises à trembler et ma tête à dodeliner d'un côté à l'autre, alors mon maître m'a fait sortir de sous le hangar tapissé de sable fin. Il m'a fait attacher au-dehors, dans la cour de la concession, sous le feu du soleil et les trombes d'eau des pluies d'hivernage. Des essaims de mouches hargneuses se sont disputé mes plaies. Personne ne taillait plus mes sabots, ni ne me donnait de mil. Et tous ceux qui passaient dans la cour s'esclaffaient : "Comment ! La vieille jument sénile n'est donc pas encore morte ?"

« Un matin, comme on me laissait faire quelques pas, je suis tombée dans un trou de la cour. Mon maître a ordonné de me sortir de là et d'aller me jeter dans la brousse. Des hommes ont placé des morceaux de bois sous mon ventre pour me soulever, ils m'ont hissée sans précautions et sont allés me jeter dans un coin de brousse desséché. J'ai heurté si durement le sol que mon dos en a été tout meurtri. Je ne pouvais plus bouger. Toute la journée je suis restée étendue là, en plein soleil, la queue dressée, les yeux blessés par la lumière trop vive. Des charognards planaient et tournoyaient au-dessus de ma tête. Seul mon hennissement parvenait à les effaroucher un peu.

« Hélas ! Ni mes petits que j'ai mis au monde, ni ceux qui font galoper et caracoler mes petits ne se sont souciés de moi. Personne n'est venu me jeter un seul regard de pitié, en souvenir du bien que je leur avais fait.

« Ce n'est qu'au coucher du soleil que j'ai pu enfin me relever et me traîner jusqu'au bord de la rivière pour étancher ma soif. Et depuis lors, jusqu'à ce jour, je suis dans cet état où vous me voyez. Chaque fois que je me couche, les charognards viennent s'assembler autour de moi, attendant que je crève.

« Alors, s'il est vrai qu'un bienfait ne doit pas être payé en mal, ce n'est certainement pas dans notre village !

– Vieille jument, dit le crocodile, bois, et va-t'en doucement. Rentre chez toi en paix. Et toi, homme, as-tu entendu ? »

L'homme dit :

« Je n'accepte pas le jugement émis par cette vieille imbécile aux yeux exorbités, qui va rendre son dernier souffle à la première forte pluie de la saison. Ce n'est qu'un résidu de vie répugnant ! Attendons quelqu'un d'autre. »

Peu après, un vieil âne s'approche de la rive. Comme il penche sa tête pour boire, le crocodile l'arrête d'un sonore claquement de mâchoire :

« Vieil âne ! dit-il. Tu ne boiras pas avant d'avoir jugé entre moi et cet homme. Il prétend qu'un bienfait ne doit jamais être payé en mal.

– Hi-han ! fait l'âne en ricanant... Le bienfait, c'est justement ce qui doit être payé en mal ! S'il en allait autrement, comment expliquer ce qui m'est arrivé ? Depuis mon jeune âge, les hommes ont mis un bât sur mon dos pour porter des charges, et à aucun moment je n'ai manifesté la moindre mauvaise volonté. A cette époque, mon maître ne jurait que par moi. Il m'a attaché au cou des gris-gris pour me protéger de tout mal, et une jolie clochette de cuivre rouge afin de ne point me perdre. J'avais même droit à un chasse-mouches agrémenté de peau vernie...

« Mais lorsque je suis devenu vieux, lorsque mes yeux ont cessé de bien voir, que mon corps s'est affaibli et que la base de ma colonne vertébrale s'est affaissée, alors mon maître a ordonné que je sois mené sur la décharge d'ordures située en dehors du village. Il a interdit de me donner la moindre nourriture, pas même des pelures de mil... Ma misère était telle que j'ai été envahi d'une gale dévorante. J'ai dépéri, ma peau est devenue rêche et mon poil broussailleux, des taches se sont formées un peu partout sur mon corps. J'avais si faim que ma voix en est devenue tout enrouée. Et quand un homme du village venait à passer, si je me dirigeais vers lui pour faire appel à sa pitié, il me frappait de son bâton noueux !

« Alors, crocodile, saisis-toi de cet homme ! Attrape-le, oui, attrape-le bien ! Mords-le douloureusement, déchire ses chairs et entraîne-le jusque dans les profondeurs du fleuve ! Qu'il y périsse, qu'il s'y perde, et que tous les habitants des eaux apprennent sa mort, même le poisson aux décharges foudroyantes ! Que les morceaux de sa chair soient emportés par le courant à la dérive, et que ses talons jamais plus ne se posent sur la terre ferme ! »

A ces mots le crocodile, qui se laissait bercer doucement par le courant, paupières à demi abaissées, se met à rire :

« Ô homme ! As-tu entendu ce qu'a dit l'âne ? Voilà une parole qui est la vérité vraie ! »

L'homme ricane :

« Ce vieil âne à la queue écourtée[2], assoiffé jusqu'à en être à moitié sourd, dit n'importe quoi. Si quelqu'un lui interdit de boire sauf s'il raconte des mensonges, alors certes il mentira ; et même, s'il le faut, il ruera jusqu'à en crever l'abcès de son dos ! Je n'accepte pas son dire, et n'y répondrai même pas... »

Mais voici qu'un lièvre aux longues oreilles s'approche de la rivière. « Ô imam de la brousse ! appelle le crocodile. Viens et juge entre nous !

— Cela ne saurait se faire à l'instant même, dit le lièvre. Laisse-moi d'abord plonger mes lèvres dans l'eau. Quand j'aurai étanché ma soif et que mon cœur sera calmé, alors je pourrai juger entre vous et me prononcer en toute lucidité. »

Le crocodile le laisse faire. Après avoir bu à longs traits, le lièvre s'installe prudemment à l'écart. Assis sur son arrière-train, il lève vers le ciel ses deux pattes antérieures comme pour prier la divinité, dresse tout droit ses oreilles et dit :

« Parlez maintenant, que je vous entende. Et ne mentez pas ! Ne dites rien qui ressemble à un mensonge !

— Cet homme que tu vois là, dit le crocodile, est venu ici pour pêcher des poissons. Il a introduit ses pieds dans ma demeure. Je l'ai happé jusqu'à ce que mes dents se soient rencontrées, car voilà aujourd'hui sept jours que je n'ai rien mangé. L'homme crie alors que j'ai commis une injustice et me cite devant un

2. Expression injurieuse.

tribunal. Or, quiconque émet un jugement, il le réfute : "Celui-ci n'est pas équitable, il faut en attendre un autre.... Celui-là ne l'est pas non plus..." Pourtant, Tante Jument m'a donné raison, et Oncle Âne a cherché à nous mettre d'accord. Mais cet homme s'y est refusé. Il est même allé jusqu'à lui donner une chiquenaude sur les dents ! »

Le lièvre se tourne alors vers l'homme :

« Fils d'Adam ! Expose ce que tu as à dire. »

L'homme raconte à son tour :

« Alors que je rentrais au village, j'ai trouvé ce crocodile au milieu d'un incendie qui ravageait la brousse. Il m'a appelé au secours, me suppliant de le ramener à la rivière afin de l'empêcher de périr. J'ai dit : "Je redoute une querelle. – Quelle querelle ? a-t-il demandé. – Celle qui résulte inévitablement d'un bienfait lorsque celui-ci a été payé en mal. Car chaque fois que tu entends une altercation, c'est bien souvent parce qu'un bienfait a été payé en mal." Le crocodile a protesté : "Jamais cela ne se produira entre toi et moi !"

« Alors je l'ai fait entrer dans mon grand sac et, franchissant les flammes, je l'ai porté sur ma tête jusqu'au bord de la rivière. Là, il m'a demandé d'aller jusqu'au bout de mon bienfait et de le faire entrer dans l'eau. J'ai donc repris mon sac, suis entré dans la rivière et l'ai déposé là où il pouvait nager. Et voilà qu'une fois sorti dans l'eau, il se retourne et m'attrape le pied, sous prétexte que, perdu dans la brousse depuis sept jours, il n'a encore rien trouvé à manger !

– Hum !... » fait le lièvre d'un air pensif. Puis, semblant avoir pris une décision : « Crocodile, dit-il, il est clair pour moi que la vérité est de ton côté. Pourquoi ? Parce qu'un crocodile perdu dans la haute brousse, c'est une chose qui n'a pu se réaliser qu'à l'âge où les pierres étaient encore tendres[3]... Quant à cet homme, je voudrais que tu lui prouves que son sac ne peut te contenir tout entier comme il le prétend. Entre dedans, puis ressors. Et si même le plus petit bout de ta queue ne peut y entrer et reste au-dehors, je te donnerai raison, car ce sera la preuve que cet homme est un menteur aux lèvres tranchantes comme un rasoir effilé... »

Le crocodile sort de l'eau et se traîne sur le sol. L'homme écarte l'ouverture de son sac. Le crocodile y fait entrer sa tête, puis hésite un instant.

« Ô homme ! fait le lièvre à voix bien haute. Je te préviens ! Même si le crocodile entre tout entier dans ton sac mais qu'il reste encore un petit bout de sa queue au-dehors, je lui donnerai raison ! Cela voudra dire que tu as menti. »

Rassuré, le crocodile se glisse alors jusqu'au fond du sac, veillant bien à laisser au-dehors un petit bout de sa queue.

« Homme ! dit le lièvre à voix basse. Fais vite, attache bien l'ouverture de ton sac ! »

L'homme l'attache solidement.

« T'arrive-t-il de manger de la chair de crocodile ?

– Oui, dit l'homme, chaque fois que je le peux.

3. Les expressions « avant que les pierres n'aient durci » ou « alors que les pierres étaient encore tendres » servent à désigner le début du monde, c'est-à-dire une ancienneté dépassant l'entendement.

— Alors, cogne sur le crocodile, cogne-le bien fort jusqu'à ce qu'il en trépasse ! Puis porte-le sur ta tête et emporte-le jusqu'à ta maison. Si tu as du riz décortiqué chez toi, tu viens de gagner la viande pour l'accompagner !

— Lièvre maudit ! fulmine le crocodile du fond de son sac. Si je sors, tu verras combien ce que tu as fait est mauvais ! Je te couperai la langue, j'arracherai les poils de ta queue, je t'écourterai les oreilles, je déracinerai tes dents, je...

— J'entends et j'accepte, dit le lièvre tranquillement. Si tu parviens à te sauver, d'accord ! Brûle-moi, écrase mes os et répands mes cendres aux quatre points cardinaux si tu le veux ! »

Pendant ce temps, l'homme s'est saisi d'une grosse bûche de bois. Il s'approche du crocodile et le frappe de toutes ses forces, jusqu'à ce que le sac soit rougi de son sang. Une fois certain que l'animal est bien mort, il jette sa bûche et dit au lièvre :

« Lièvre ! Viens avec moi jusqu'à ma maison. Je veux te présenter à mes parents, à ma femme et à mes fils et leur dire ce que tu as fait pour moi. »

Il pose alors sur sa tête le sac contenant la dépouille du crocodile et s'engage sur le chemin qui mène au village. Le lièvre le suit en trottinant.

Arrivé devant l'entrée de sa maison, l'homme dit au lièvre :

« Entre !

— Ce n'est pas ainsi qu'il faut procéder, dit le lièvre. Tu dois entrer le premier. Si une personne a quitté sa maison et qu'elle y revient accompagnée d'un invité, il est plus convenable qu'elle s'assure d'abord de l'état de sa demeure.

– Tu as raison », dit l'homme.

Et il entre chez lui. Il laisse tomber son sac dans le vestibule, traverse la cour et pénètre dans sa case. Là, il trouve tous les gens de sa maisonnée réunis autour d'un lit où gît son fils préféré, celui qu'il aime le plus tendrement. L'enfant souffre atrocement de la tête. Il gémit à vous fendre le cœur et transpire si abondamment que sa couche en est toute trempée. Une sorte d'écume sort de sa bouche et la nausée lui chavire la tête.

Un guérisseur auquel on a fait appel est assis à l'écart. Il bat des cauris[4] et les jette sur le sol, afin de découvrir, en interprétant leurs positions, le remède qui convient le mieux à l'enfant.

A peine notre homme a-t-il découvert cette scène navrante que son esprit se brouille. Il reste planté là, sans parole, comme privé d'entendement.

« Que fais-tu là sans bouger ? lui dit le guérisseur. Va vite chercher de la cervelle de lapin et du sang de crocodile. Les cauris ont répondu : si ces deux éléments sont cuits ensemble et que l'enfant en mange, il guérira. »

Aussitôt, l'homme retrouve ses esprits.

« Chut, doucement ! dit-il. Ne parle pas si fort ! Je suis justement venu avec un lièvre qui attend au-dehors, et j'ai avec moi du sang de crocodile. Je vais appeler le lièvre. Dès qu'il sera entré, à l'instant même frappez-le tous et cassez-lui la tête ! »

4. Petits coquillages blancs assez rares qui servent de parure et d'instruments de divination. Jusqu'à l'arrivée de l'argent amené par la colonisation, ils servaient aussi de monnaie.

Mais le lièvre, qui était entré dans la cour et s'était silencieusement approché de la porte, a entendu toute la conversation. D'un bond il sort à l'extérieur et détale sans demander son reste... L'homme l'appelle :

« Reviens, lièvre ! Reviens !

– Va chercher un autre lièvre, lui répond celui-ci de loin. Ce n'est pas ma cervelle qui va servir à guérir ton fils ! Homme, tu avais bien raison : chaque fois que l'on entend une discussion ou une querelle, c'est qu'un bienfait a été payé en mal. Mais chaque fois que cela arrive, c'est que l'auteur du bienfait ne s'est pas mis suffisamment en garde. Voilà qui ne m'arrivera pas ! Et si j'ai une chose à demander à Dieu, ô homme, c'est de ne jamais me laisser te revoir de près ! »

Et le lièvre, le plus malin des animaux, regagna à bonds puissants les herbes de la haute brousse, où bientôt l'on ne vit même plus dépasser la pointe de ses longues oreilles [5]...

5. On trouvera d'autres versions de ce conte dans Mamby Sidibé, *Contes populaires du Mali II* (Paris, Présence africaine, 1982), pp. 69-72, et dans Gérard Meyer, *Contes du pays malinké*, *op. cit.*, pp. 187-190. *(Ch.S.)*

Le marabout trop gourmand

ou

La Terre ne ment pas

Voici ce que mon informateur, Dawolodian, de la famille de Koumabêfo, m'a raconté – mais Allah est plus renseigné...

Un jour, un marabout vénérable, le chef orné d'un grand turban et le poignet ceint d'un gros chapelet, se présenta dans un village et y demanda l'hospitalité.

Un agriculteur, rustre Bambara aux moustaches jaunies par la consommation régulière de tabac à priser, et un éleveur, Peul maigrelet et loqueteux, l'hébergèrent avec empressement dans leur enclos commun. L'homme de Dieu fut traité aussi honorablement que le méritait sa qualité de « sachant lire et écrire », mais surtout en sa qualité d'hôte qu'Allah, dispensateur des eaux bienfaisantes, avait envoyé au village [1].

1. Selon la coutume, jadis il suffisait qu'un étranger se présente à l'orée d'un village ou à la porte d'une maison et dise : « Je suis l'hôte que Dieu vous envoie », pour qu'on le reçoive comme un visiteur de marque. Si la chambre du chef de famille était la seule à avoir un bon lit, ce dernier la lui abandonnait volontiers. (cf. *Oui, mon commandant !*, collection Babel, p. 300). *(H.H.)*

Le marabout s'installa et prit ses habitudes... Après un certain temps, grisé par les honneurs qu'on lui rendait, par le respect dont il était entouré et les soins qui lui étaient prodigués, il en vint à oublier son état et son rôle, lequel consistait essentiellement à présider la prière, bénir les mariages, procéder au rituel de l'imposition du nom aux nouveau-nés, laver les morts, prier sur eux, et attendre quelque charité pieuse en récompense des cours donnés aux petits enfants. Perdant toute mesure, il se crut arrivé dans un véritable fief entièrement dévoué à sa personne ! Lorsqu'il demandait quelque chose, il ne le faisait plus avec cette politesse et cette délicatesse qui sont le signe de la valeur des grands esprits, mais il exigeait, menaçait, poussant même parfois l'impudence jusqu'à dire : « Si vous ne faites pas ceci ou cela, je vous fermerai les portes du ciel ! »

A la fin, les exigences et les prétentions du marabout excédèrent le Bambara et le Peul. Les deux hommes se concertèrent pour trouver un moyen de rappeler à la raison leur hôte pesant et malappris. Mais comment faire, avec un homme réunissant les titres de théologien, coraniste, jurisconsulte, grammairien, médecin, droguiste, géomancien, astronome, astrologue, et enfin aspirant visiblement au commandement du pays où un heureux sort l'avait fait tomber ? Depuis quelque temps, en effet, le marabout avait annoncé aux habitants l'avènement prochain, dans leur pays, d'un chef providentiel. Le mûrissement de cet événement sur le plan occulte exigeant silence et secret, il leur avait demandé de n'en parler à personne jusqu'au moment où l'identité de ce chef serait révélée au grand jour.

Ce mystère devait se réaliser lors de la prochaine conjonction de quelques astres précis du troisième ciel...

De telles déclarations pouvaient influencer des croyants naïfs et crédules, mais notre rustre Bambara et notre Peul maigrelet ne l'étaient pas trop... Décidément, les choses allaient trop loin.

Un soir, après un dîner substantiel, le Bambara, selon l'usage, vint présenter au marabout une calebasse pleine d'eau. Le marabout se lava proprement les mains et se lissa la barbe. Puis, pour marquer sa satisfaction gastronomique, il émit par sa bouche, avec force détonations, le surplus de ses gaz stomacaux.

« Seigneur, vous rotez bien ce soir, dit le Peul. Bonne digestion !

– Wallaye ! Par Dieu ! s'écria le marabout. Toi, je veux que tu fermes hermétiquement ce qui te sert de bouche, espèce de "qui-boit-du-lait-et-évacue-des-poils". Je vais demander à Dieu qu'Il te... »

Avant qu'il ait eu le temps d'achever sa pensée, le Bambara l'interrompit :

« Maître, à ce que je vois, le rot a son siège dans le ventre. Voudriez-vous me dire où est situé le siège de l'esprit ?

– Espèce d'orang-outang ! Voilà ce qu'il en coûte de ne pas s'instruire comme nous. L'esprit, sache-le, est la chose la plus précieuse que Dieu ait donnée à l'homme, et le piédestal de cette merveilleuse faculté se trouve dans la tête.

– Et le ventre[2] ? rétorquèrent ensemble le Bambara et le Peul...

– Ceux qui s'occupent de leur ventre sont comme des animaux, et tel est votre cas à tous les deux. »

Les deux amis quittèrent le marabout. Une fois rentrés chez eux, ils donnèrent ordre à leurs épouses de ne plus servir aucune nourriture au marabout jusqu'à nouvel ordre.

Le lendemain, le marabout passa la journée sans manger. Après le coucher du soleil, il vit l'heure du dîner passer sans que rien lui annonçât qu'on pensait à le nourrir. Pour signaler sa présence, il se mit à réciter des versets pieux selon quelques-unes des sept modulations savantes du saint Coran. Tout le monde vint l'écouter. A la fin on le félicita beaucoup, mais, hélas pour lui, chacun repartit sans songer à le faire souper.

Le marabout passa la nuit avec la plus mauvaise des compagnes : la faim. Elle le tracassa tellement qu'il ne put dormir un seul instant. Il en vint même à penser – affirment de méchantes langues – que cette nuit-là les anges avaient dû se montrer négligents, tant les heures se traînaient avec une lenteur lamentable !

2. Dans les enseignements traditionnels africains, le ventre est non seulement le siège physique des entrailles, mais il symbolise aussi tout ce qui est « intérieur », c'est-à-dire tout ce qui a trait à l'âme et à l'esprit. Il est le centre même de la vie [cf. « Njeddo Dewal mère de la calamité » dans *Contes initiatiques peuls* (Stock, 1994), p. 89, note 2. Cf. aussi le centre « hara » des doctrines extrême-orientales, situé quelques centimètres sous le nombril... *(H.H.)*]

Le lendemain, les pieuses modulations auxquelles il se livra dès l'aurore ne lui procurèrent toujours pas le moindre petit déjeuner.

« Qu'ils sont pervers, tonna-t-il, cet orang-outang d'agriculteur et ce singe rouge d'éleveur[3] ! Laisser un marabout mourir de faim !... » Sa pensée s'embrouillait... la brume envahissait son esprit... A la fin, son état lui devint si insupportable qu'il fut à deux doigts d'illustrer l'adage selon lequel un honnête homme affamé peut devenir un voleur.

A midi, le Bambara et le Peul commandèrent à leurs épouses un déjeuner appétissant et vinrent l'offrir au marabout. Ils s'excusèrent d'avoir été retenus par leurs occupations champêtres et pastorales, et lui demandèrent de pardonner la distraction trop prolongée de leurs épouses.

Le marabout se jeta sur la nourriture et l'avala gloutonnement. Une fois bien restauré, il se leva et dit pieusement :

« Ô Dieu ! Je te remercie de m'avoir assuré ma nourriture par l'entremise de l'agriculteur et de l'éleveur, et d'avoir ainsi redonné à mon esprit toute sa lucidité. »

Le Bambara posa alors à nouveau sa question :

« Seigneur, voudriez-vous me dire où se trouve le piédestal de l'esprit ?

— Dans le ventre ! répondit cette fois-ci le marabout.

— Alors, s'écria le Peul, pour ce qui est de l'utilité immédiate, l'orang-outang d'agriculteur et le singe

3. « Singe rouge » est un sobriquet moqueur — et parfois familier — attribué aux Peuls par les Bambaras.

rouge de Peul passent avant vous, que l'on pourrait qualifier de belle panthère à l'affût, dont la peau ornée de taches marbrées dévoile la présence ? »

En dépit de ses vastes connaissances, le marabout ne trouva rien à répondre. Mais il cessa de se croire placé à mille lieues au-dessus de l'agriculteur et du pasteur.

Vint le jour où il demanda congé à ses hôtes. Au moment de la séparation, le Bambara lui dit :

« Mon bon marabout de haut lignage, apprenez que, de toutes les connaissances, la connaissance de soi-même est la meilleure et la plus difficile à acquérir. Cessez donc de croire avec orgueil que vous avez obtenu le salut et que votre profession est une clé infaillible pour ouvrir le ciel, alors qu'elle ne vous nourrit même pas sur la terre. Désormais vous n'oublierez plus, je l'espère, que si l'esprit est une lampe lumineuse dont le feu nous éclaire dans l'obscurité de l'ignorance, sa flamme a nécessairement besoin de deux éléments pour servir d'huile et de mèche : les produits de l'agriculture, et ceux de l'élevage. Car la Terre ne ment pas. »

*

Ce récit, tiré de notre grenier local, illustre bien la nécessité de l'agriculture et de l'élevage, aujourd'hui si délaissés alors que jadis ils étaient la source du bonheur des hommes.

Ce récit est d'autant plus significatif que c'est un marabout – c'est-à-dire l'homme le plus influent après

Dieu en Afrique, spirituellement parlant – qui y est mis en scène et que l'on dénigre au profit de l'agriculteur et de l'éleveur... Il ne faut voir de notre part, dans la diffusion de ce petit récit, aucune intention hostile envers les marabouts, mais juste notre volonté d'être un fidèle collectionneur, trop intéressé par l'ethnographie de son pays pour s'offusquer de la liberté de langage de nos conteurs.

Quels que soient la religion que l'on confesse, l'ethnie à laquelle on appartient ou le parti politique que l'on défend, on ne peut qu'éprouver sympathie respectueuse envers la sagesse ancestrale qui inspira cette phrase : « La Terre ne ment pas. »

Bon débarras !...

ou
Résultat imprévu d'un prêche

Anecdote peule

Au village de Pékoye vivait un homme nommé Haman N'Dof. En dépit des avertissements de ses parents et amis, il épousa Penda Boné [1]. Une semaine s'était à peine écoulée après la consommation du mariage que l'humeur acariâtre de Penda Boné réapparut, et ne fit que s'aggraver de jour en jour. Non seulement cette femme était querelleuse, mais tout laissait présager que son mauvais caractère ne ferait que se fortifier avec l'âge. Elle ne se plaisait qu'à une chose : faire et dire en public tout ce qui pouvait contrarier son mari et les siens.

Les parents, amis et voisins d'Haman N'Dof, tous gens doux, honorables et sociables, lui conseillèrent vainement de se séparer de cette femme, créature damnée qui ne lui procurait aucune des douceurs du ménage, et qui, de plus, n'était fertile qu'en cris et récriminations mal à propos.

1. « Boné » signifie « mal », « malheur », mais aussi « méchanceté », selon le point de vue où l'on se place (*Ch.S.*). Cf. « Le roi qui voulait tuer tous les vieux », p. 29, note 1. (*H.H.*)

Cette pénible situation dura cinq ans. Partout on se demandait pourquoi Haman N'Dof, qui était loin d'aimer sa femme et qui n'en disait jamais de bien, continuait de la supporter. Mais, comme dit le proverbe : « Si vous voyez un homme assis sur des braises ardentes se trémousser de douleur sans pouvoir se lever, c'est qu'une force plus puissante que la sienne le maintient dans cette position. »

Tout a cependant une fin sur cette terre...

Un jour, un marabout revenant de La Mecque vint à passer par le village. Non seulement cet homme avait vu la Kaaba, embrassé la « pierre noire » et visité le saint tombeau du Prophète, mais il avait rapporté une outre de la sainte eau du puits Zem-zem, ainsi qu'une bonne somme de bénédictions à distribuer gratis. Tout le monde voulait le voir et l'entendre. Comme le pèlerin avait promis de faire le lendemain matin un sermon en vue de raffermir les gens dans la foi et la charité, les habitants de Pékoye vinrent tous se rassembler devant la maison où il logeait, et firent silence pour l'écouter.

En vérité, le marabout était digne du titre qu'il portait. C'était un érudit doué d'une éloquence rare. Son long discours sur le chemin du salut émut profondément tous les assistants. Nombre d'entre eux en pleurèrent de contrition. Chacun se sentit envahi par le désir de s'amender. A la fin du discours, Penda Boné se leva la première. Entre deux sanglots, elle demanda la parole.

« Ô marabout auxiliaire de Dieu et de son Prophète ! dit-elle. Pour rendre efficace le regret que j'éprouve de mes péchés, je te prends comme témoin : j'abandonne à mon mari le montant de la dot qu'il me doit et qu'il n'arrive pas à me payer depuis cinq ans. »

Le marabout en tressaillit de joie. Il remercia la donatrice et la félicita de ses bonnes dispositions inspirées par la piété, puis il demanda à la foule :

« Le mari bénéficiaire est-il présent ?

– Oui, je suis là, répondit Haman N'Dof.

– Eh bien, mon brave, dit le marabout, votre pieuse épouse vient d'accomplir un acte méritoire qui lui vaut le paradis... »

Haman N'Dof prit alors la parole :

« Depuis cinq ans que j'ai épousé Penda Boné, dit-il, elle a amené avec elle au foyer sa petite sœur "Guigne". Toutes deux se sont confortablement installées chez moi et y ont chassé mes deux sœurs utérines "Aisance" et "Tranquillité". Depuis lors, il m'a été impossible de réussir à me procurer la somme correspondant à la dot importante que je lui devais. Par l'effet de cette dette, depuis mon mariage je me suis trouvé obligatoirement lié à une compagne qui, chaque matin, accouchait d'une extravagance à mes frais.

« Je ne saurais assez vous remercier, d'abord vous, marabout, qui avez amené ma femme à faire une action de grâces, et ensuite ma femme elle-même. L'un et l'autre vous venez de me débarrasser de deux soucis cuisants : la dot de Penda Boné et Penda Boné elle-même...

– Que veux-tu dire ? demanda le marabout.

– Je veux dire ceci : ne devant plus rien à Penda Boné et assuré par vous qu'elle a gagné une demeure au paradis, plus rien ne m'empêche de lui dire : prends tous tes bagages et transfère-toi de chez moi au ciel, où tu vivras plus heureuse et en état de continuelle pureté parmi les élus.

« Pour parler plus clairement : je la répudie en compensation de la dot qu'elle m'abandonne si gracieusement... »

Le chapelet d'or

ou

La fidélité récompensée

Conte peul

Jadis vivait un chef très puissant, dont la fille était d'une grande beauté. Douze jeunes gens, fils des chefs des royaumes voisins, se disputaient sa main. Le père de la jeune fille ne parvenait pas à faire son choix. Aussi pensa-t-il à un stratagème : il fit dire aux prétendants de venir se présenter devant sa demeure le matin du vendredi suivant, au lever du soleil.

Tous arrivèrent le jeudi soir, sauf un. Ce dernier, qui avait marché toute la nuit, arriva au village un peu avant le premier chant du coq, harassé de fatigue et mourant de faim. La cité était encore endormie. Il alla frapper à la porte de la première case qu'il rencontra. C'était une case délabrée où vivait une vieille femme très pauvre, qui n'avait pour toute nourriture qu'une bouchée de couscous de mil. La vieille femme accueillit le jeune homme, lui désigna un coin pour dormir, et lui donna pour repas son unique bouchée de couscous de mil. Puis elle le laissa.

Au moment où le jeune homme s'apprêtait à manger, un chien efflanqué surgit d'un coin de la case et vint s'asseoir devant lui, regardant avidement la bouchée de couscous... Ému par le regard suppliant de l'animal, le jeune homme lui donna sa nourriture. Le chien mangea tout sans laisser une seule graine, puis il s'assit sur son arrière-train et dit :

« Prince, je connais la raison pour laquelle tu es venu au village. Puisque tu as été bon pour moi, je vais te mettre dans le secret du chef. Dans quelques instants, au lever du soleil, douze chameaux munis d'une selle surmontée d'un palanquin complètement clos seront rassemblés par le chef devant sa demeure. Un seul sera de couleur blanche, et c'est sur lui que le chef fera monter sa fille. Puis il réunira les douze prétendants et leur dira de choisir chacun un chameau. Celui qui désignera le chameau monté par la fille du chef sera son gendre. »

Peu après les douze prétendants s'assemblèrent devant la demeure du chef, et tout se passa comme le chien l'avait indiqué. Quand ce fut au tour du jeune homme de parler, il désigna le chameau blanc, et c'est lui qui épousa la fille du chef.

Durant deux années, les époux, pleinement heureux, restèrent dans leur demeure et ne s'absentèrent pas de la cité. Puis le jeune homme voulut retourner voir son père afin, comme le voulait la coutume, de lui présenter son épouse. Le chef accepta, et donna à sa fille mille captifs, mille captives, mille bœufs et mille moutons pour l'accompagner dans son voyage. Le jeune homme monta sur son cheval, tandis que son épouse prenait place sur un chameau richement caparaçonné. Elle tenait, enroulé à son poignet, un magnifique chapelet composé de cent grains d'or massif. Au cours du voyage, comme son mari ne cessait de regarder ce chapelet avec admiration, elle le lui donna.

Un jour qu'il tenait à bout de bras le bijou suspendu devant lui, s'amusant à en faire briller les grains au soleil, un énorme vautour se laissa tomber des nues comme une pierre, s'empara du joyau et fila à tire-d'aile... Aussitôt, le jeune homme sauta sur son cheval, l'éperonna et se lança à la poursuite du charognard en suivant son ombre. Quand la nuit tomba, il avait perdu sa trace. Il chevaucha encore toute la journée du lendemain, s'arrêtant dans chaque village pour demander où nichait l'oiseau. Chaque fois, on lui répondait : « C'est plus loin... », « Encore plus loin... ».

Après quelques jours de course harassante, son cheval, qu'il menait à plein galop sans lui laisser le temps de se reposer, mourut d'épuisement. Le jeune homme continua à pied. Il marcha des mois et des mois, passant de village en village... Et toujours on lui répondait : « C'est encore plus loin... »

Un soir, comme il arrivait dans un nouveau village, après qu'il eut posé son habituelle question il reçut enfin la réponse qu'il attendait : un homme lui montra un arbre et lui dit que le vautour nichait à son sommet. Le lendemain matin, avant même les premières lueurs de l'aube, notre voyageur, muni d'une hache, grimpa silencieusement jusqu'au sommet de l'arbre. Il trouva le rapace dans son nid, la tête enfouie sous son aile, profondément endormi. Il lui asséna sur la tête un coup de hache si violent que l'oiseau en tomba raide mort. Dans son nid, le jeune homme trouva une grande quantité d'or et d'objets précieux. Parmi eux, le chapelet de son épouse brillait de tous ses feux. Il s'en empara, et prit aussi quelques pièces d'or pour faire face aux besoins de son voyage. Puis il s'en retourna.

De son côté la fille du chef, qui avait assisté au vol du chapelet et vu son mari se jeter à la poursuite du vautour, décida d'attendre son retour. Elle fit immédiatement arrêter la caravane, et à l'emplacement même où ils se trouvaient elle fonda un village. Elle maria les captives aux captifs et leur distribua les animaux que son père lui avait donnés. Puis, pour éviter d'être courtisée, elle s'habilla en homme et fit jurer à ses sujets de ne révéler son secret à personne.

Bientôt elle acquit dans les alentours une grande notoriété en raison de la manière dont elle rendait la justice, et sa réputation finit par se propager très loin, jusque dans les royaumes voisins. On venait de presque tous les autres villages pour soumettre à son jugement les litiges insolubles.

Pendant ce temps, loin de là, son mari cheminait péniblement. Il avait dépensé pour son entretien toutes ses pièces d'or, et il ne lui restait plus que le chapelet. Un soir, épuisé, en haillons, il atteignit un village. Une femme consentit à le nourrir et à l'héberger contre un grain du chapelet ; mais pendant qu'il dormait, elle replaça le grain dans le chapelet et se mit à pousser des cris perçants : « Au voleur ! Au voleur ! »

Les gens du village accoururent. Elle leur raconta que le jeune homme avait voulu lui dérober le bijou. Ce dernier nia énergiquement, accusant à son tour la femme de vouloir s'emparer de son chapelet. Les notables, incapables de décider qui disait la vérité, décidèrent de porter le différend devant le « grand juge »... lequel n'était autre que la femme du jeune homme. Tous se rendirent à son village.

Le jour de l'audience, au premier coup d'œil le « grand juge » reconnut le jeune homme et le chapelet, mais n'en laissa rien paraître. D'une voix grave, le juge interrogea la plaignante, qui jura que le chapelet lui appartenait. Le jeune homme fit de même. Aucune décision n'étant possible, le juge dit à la femme : « Acceptes-tu de laisser ce chapelet à cet homme si je te donnes trois cent gros d'or[1] ?

– Oui, juge », répondit la femme, trop heureuse de ce dénouement inattendu.

On compta immédiatement la quantité d'or promise et on la donna à la femme, laquelle s'empressa de partir, de peur que le juge ne revienne sur sa décision. Puis, sur l'ordre du « grand juge », on conduisit le jeune homme dans la demeure de ce dernier, où des servantes le lavèrent et l'habillèrent convenablement. Lorsqu'il fut prêt, on le mena dans une pièce où l'attendait son épouse, souriante, revêtue de ses riches atours de mariée... Nulle parole ne saurait dire ce que fut la joie des deux époux !

Le lendemain matin, l'ancien juge, qui avait abandonné ses vêtements masculins, réunit les habitants du village. Elle leur présenta son mari et leur raconta toutes ses aventures. On ne sait ce qui les remplit le plus d'étonnement et d'admiration : la fidélité, l'acharnement et le courage du jeune prince durant sa longue quête pour retrouver le bijou donné par son épouse, ou la fidélité, la persévérance et la sagesse de cette dernière, qui lui avaient permis d'attendre le retour de son époux en échappant à tous les pièges.

1. Gros d'or : ancienne mesure.

A la fin de la séance, la jeune femme proposa aux notables de reconnaître son mari comme chef et juge suprême. Ils acceptèrent tous avec enthousiasme...

Et depuis lors, l'histoire des deux époux fidèles a traversé les siècles et continue de se raconter à la veillée, jusque dans les royaumes voisins...

La coépouse bossue...

ou
La méchanceté punie

Au sein d'un foyer vivaient deux coépouses, dont l'une était affligée d'une énorme bosse dans le dos.

Hélas, celle qui n'était point bossue était très méchante. Elle ne cessait de se moquer de sa compagne et ne manquait jamais de profiter de la présence de visiteurs pour lancer à son endroit des allusions blessantes et malveillantes. Sa malheureuse coépouse, qui était devenue son souffre-douleur, n'avait que des pleurs à opposer à ses sarcasmes.

Une nuit, après que sa compagne l'eut encore plus malmenée que d'habitude, la pauvrette, qui n'en pouvait plus, sortit de la maison, quitta le village et s'enfonça dans la brousse. Elle allait à l'aventure quand tout à coup, venant du côté du bois sacré, elle perçut l'écho affaibli d'une musique des plus mélodieuses. Sans se rendre compte de ce qu'elle faisait, avançant comme une somnambule, elle se dirigea vers la source de la musique. A sa plus grande surprise, elle déboucha dans une clairière où des êtres d'un autre monde dansaient au clair de lune. C'était l'un de leurs lieux de réunion. Machinalement, entraînée par le rythme, elle se joignit à eux et entra dans la danse.

L'un d'entre eux, voyant la protubérance qui gonflait son boubou, lui dit :

« Permets que je tienne ton enfant en attendant que tu aies fini de danser. On danse mal avec un bébé dans le dos. »

Et d'un geste il déchargea notre bossue de sa grosseur, comme s'il s'était agi d'un enfant. La jeune femme, si heureusement et miraculeusement guérie de sa difformité, n'attendit pas plus longtemps pour s'éclipser. Elle regagna son foyer, alla s'allonger sur sa couchette et s'y endormit du sommeil paisible d'une âme éprouvée qui a recouvré le bonheur.

Le lendemain matin, quand sa coépouse la vit, elle ne put en croire ses yeux ! L'ancienne bossue souffreteuse avait fait place à une belle jeune femme, svelte comme une tige de jeune bambou. Tout en elle avait changé, jusqu'au timbre de sa voix. Elle était devenue charmante et séduisante, et son corps exhalait une odeur suave et captivante.

A cette vue, la méchante coépouse fut envahie par une violente crise de jalousie et d'envie. Réussissant à cacher ses sentiments, elle se fit toute douce et dit à sa compagne :

« Dieu soit loué, ma sœur, de t'avoir remodelée si heureusement et en une seule nuit ! Voudrais-tu me dire ce que tu as fait et où tu es allée pour avoir été si bien arrangée ? »

La généreuse ancienne bossue ne fit aucune difficulté pour lui répondre et lui raconta tout ce qui lui était arrivé.

La nuit suivante, la méchante coépouse se rendit à son tour à la clairière du bois sacré... Elle y trouva les petits êtres en train de danser. Et comme le lui avait recommandé sa compagne, elle se mêla à leur ronde.

Au troisième tour, voilà que celui qui avait déchargé la première visiteuse de sa protubérance surgit auprès d'elle. Il tenait dans ses mains la bosse-bébé.

« Ô fille d'Ève ! dit-il. Tu t'es fait trop désirer par ton bébé. Tiens, le voilà ! » Et d'un seul geste il lui appliqua la bosse sur le dos, où elle se fixa comme si elle y avait toujours été. Avant que la femme ait pu dire un mot il ajouta :

« En punition de ta méchanceté et de ton hypocrisie, sois bossue pour le reste de tes jours ! »

Ainsi la méchante femme, qui était venue avec l'intention secrète de demander aux génies de la rendre plus belle que sa coépouse et de restituer sa bosse à cette dernière, reçut-elle à son tour la bosse dont elle s'était tant moquée. Furieuse et malheureuse, la démarche malhabile, le dos écrasé par ce poids nouveau, elle s'en retourna au village.

Ici finit le conte[1]...

1. Autres versions de ce conte : Birago Diop, *Les Contes d'Amadou Koumba* (Paris, Présence africaine, collection Contes populaires, 1961), pp. 33-41 ; L. Kesteloot, B. Dieng, S. Faye, *Contes et Mythes du Sénégal* (CILF-EDICEF, 1986), pp. 40-43. *(Ch.S.)*

La fille au masque de bois

ou

Le piège des apparences

Conte peul

Sentant sa fin approcher, maman Koumbourou, avant de s'évanouir dans les mystères de la mort, s'en fut trouver l'arbre Badhadhi [1] afin de lui confier sa petite fille.

« Ô végétal ! dit-elle. Je confie à ta protection la seule semence qui reste de moi. Je te demande de la placer entre ton bois et ton écorce, et de ne la laisser partir chez les fils d'Adam qu'à sa majorité. »

Ainsi fut fait. La petite fille fut placée à l'intérieur d'un masque de bois, et cachée au sein même de l'arbre. Plusieurs hivernages passèrent... Au fil des ans, elle grandit et devint une très gracieuse jeune fille.

Un jour, elle perçut l'écho de chants qui venaient du village voisin. Une violente envie de rejoindre ce village s'empara d'elle. Ne pouvant y résister, elle s'apprêta à quitter son arbre protecteur.

« Prends garde ! lui dit Badhadhi. Les enfants d'Adam du sexe contraire au tien sont fougueux et

1. Nom peul de l'arbre *commiphora africana*. *(Ch.S.)*

entreprenants ; quant à ceux de ton sexe, ils sont jaloux et habiles à faire le mal. Mais puisque tu tiens à t'en aller, voici ! Prends ces deux béquilles, revêts ce grand masque, et ne le quitte jamais avant de t'être assuré un puissant protecteur parmi les hommes. »

C'est ainsi que la fille toute masquée de bois quitta l'arbre Badhadhi et prit la route qui menait vers le village. Arrivée à hauteur des premières cases, elle alla frapper à la porte d'un vieux bouffon. Elle le supplia :

« De grâce, donne une toute petite place pour Leguel-Badhadhi[2] ! »

Le bouffon ricana, ferma son œil gauche et dit :

« Dans cette case, il n'y a plus de place même pour une mouche ! Je mets mon pied ici, là je place mon bras, et ma tête repose là-bas ; le plafond est occupé par des hirondelles ; quant à l'espace situé entre le sol et le plafond, il est le théâtre d'une guerre perpétuelle entre le vent sortant de ma bouche-inférieure et l'air venant du dehors. En effet, mon pet est toujours énergique et je peux le moduler avec art. Il ne tient qu'à moi de le rendre lourd et puant, ou léger et strident...

— Je suis un être misérable, dit Leguel-Badhadhi. Je t'en prie, aie compassion de moi, accepte de me recevoir !

— Va-t'en au loin ! cria le bouffon. Sinon, il sortira de mon postérieur un génie espiègle qui se chargera de te transporter au diable plus rapidement que tes deux béquilles ! ».

2. Leguel : petit morceau de bois. *(Ch.S.)*

Leguel-Badhadhi alla frapper à une autre porte. C'était la demeure de la mère de Hammadi, le jeune homme le mieux né et le plus en vue du village. La vieille femme fit entrer l'étrange créature, mais ne put s'empêcher de lui demander :

« Masque de bois ! Es-tu un être humain ou un génie ?

– Je suis un être humain, répondit la jeune fille, mais une mystification m'a enfermée dans ce masque et je ne puis m'en évader.

– Prends garde ! dit alors la vieille femme. Mon fils Hammadi est un curieux sans scrupules ! Il est capable de tout faire pour voir comment tu es et qui tu es. Pour éviter tout accident, je te recommande de rester toujours auprès de moi. »

A ce moment survint Hammadi :

« Mère ! s'écria-t-il. Quel est ce masque hideux et noir comme une nuit sans lune ?

– Mon enfant, c'est un être infortuné que le diable a transformé en masque.

– Mère, ce masque est un présage de malchance. La calamité l'environne de toute part. Je vais à l'instant même le jeter au feu et faire disperser aux quatre points cardinaux les cendres de son corps de malheur !

– Garde-toi de faire cela, mon enfant, car à jamais on chantera pour flétrir ta triste conduite, et à jamais on te citera comme violateur des lois de l'hospitalité ! Voudrais-tu que, par ta maladresse, toute ta famille devienne l'objet de l'injure publique ?

– Bien, mère. Puisque tu le veux, je n'attenterai donc pas aux jours de ce masque aux lèvres difformes, mais je jure de l'importuner jusqu'à ce qu'il s'en aille de lui-même par le chemin d'où il est venu. »

Et, certes, Hammadi tint parole. A partir de ce jour, il fit laver le masque de bois uniquement avec l'urine de son cheval ; il ne crachait plus que sur lui ; il lui interdisait de prendre part à toute causerie ; quand il faisait chaud il l'enfermait dans une cellule, et pendant la saison froide il l'exposait aux vents du nord...

Curieusement, « Masque de bois », loin de s'en formaliser, semblait heureuse d'être l'objet de tant de tracasseries raffinées...

Un jour, un héraut passa dans le village et annonça :

« Ô individus blancs et noirs, hommes et femmes, autonomes et captifs ! Le puissant roi de Sakaye vous convie à assister à la soirée qui sera donnée chez lui à l'occasion du retour des transhumants.

« Ô jeunes gens ! Venez, accourez à Sakaye ! Des belles aux yeux baignés de blanc vous y recevront ; leurs dents semblables à des perles ont le don de charmer les plus intrépides ; leur cou a été façonné avec un art inimitable ; quant au parfum naturel qui s'exhale de leur être, il enivre les plus vertueux et stimule les plus froids...

« Elles chanteront les exploits des Ardos [3]. Et aux vaillants bergers qui tuent les lions destructeurs de troupeaux, elles accorderont leurs caresses et le

3. Ardo : chef peul. Aux temps anciens du nomadisme, l'Ardo était celui qui décidait et commandait les déplacements du troupeau ou de la tribu ; c'était, en quelque sorte, le « maître de la route ». Son rôle pouvait être également religieux quand il était en même temps « silatigui », c'est-à-dire prêtre de la communauté et maître d'initiation. Au cours des siècles, avec la sédentarisation, les Ardos devinrent des chefs

contact voluptueux de leurs corps flexibles. Leurs talons sont aussi lisses que leur langue ! La soie est la seule rivale de leurs cheveux ! Accourez, ô jeunes gens, vers les belles filles de Sakaye ! »

Dès que Hammadi eut entendu ce discours, il décida d'affronter les trente-trois jours de marche qui séparaient son village de Sakaye. Il commanda les préparatifs du voyage. Quand tout fut prêt et qu'il eut reçu la bénédiction de sa mère, il se mit en route.

Lorsqu'il arriva à Sakaye, entouré de ses griots et de ses serviteurs, il fut reçu selon le rang que lui conférait sa lignée et guidé jusqu'à une place digne de sa naissance. Les virtuoses et les cantatrices rivalisèrent avec les griots-troubadours pour chanter ses louanges et citer ses ascendants dans leur ordre généalogique. Les guitaristes pincèrent de façon experte leurs instruments et se mirent à jouer une mélodie propre à inoculer la bravoure même aux cœurs les plus timorés.

Certes, Hammadi était émerveillé par le talent poétique et la beauté des jeunes filles, mais il remarqua entre toutes une jouvencelle de dix-huit printemps. Elle n'était ni trop grosse pour être gênée dans ses mouvements, ni trop maigre pour risquer de piquer de la pointe de ses os celui qui la frôlait. Sur son visage plaisant et dégagé, ses sourcils dessinaient deux gracieuses courbes brunes qui mettaient son teint clair en valeur.

temporels, chefs de village ou de canton, voire des rois, seigneurs de la tribu. Les exploits des plus célèbres d'entre eux sont chantés par les griots. *(H.H., d'après A.H.Bâ.)*

Quant à ses yeux... Ah ! Ses yeux ! Au cœur d'une blancheur évoquant le lait fraîchement tiré, la prunelle était sertie comme une perle de jais. En un mot, cette jouvencelle, sans parler de ses parures et vêtements d'une richesse rare, réunissait en elle toutes les qualités et tous les charmes que les jeunes gens auraient bien voulu lui voir étaler avec complaisance. Mais hélas ! Jalouse de ses avantages, la jouvencelle était insensible aux avances de ceux qui la courtisaient.

Hammadi, emporté par la chaleur de son jeune âge et comptant sur sa naissance et sa fortune, se présenta. Il lui dit :

« Ma sœur, veux-tu me faire l'honneur du "djengo[4]" ? Mes griots te chanteront ce que tes oreilles désireront entendre, et mes guitaristes improviseront des variations selon ton goût et tes préférences. Ils les combineront de manière à troubler tes rivales et à faire danser de joie nos morts et les morts de nos morts. »

La jouvencelle sourit :

« J'accède à ton désir, dit-elle. Voici une natte pour toi, et plusieurs autres pour tes pages et griots. Mets-toi à ton aise, et que pour toi ma loge soit spacieuse. »

Hammadi, extrêmement flatté, s'installa sur la natte, croisa ses jambes et dit à ses griots :

« Faites-moi entendre les louanges de celle que j'aime et qui se trouve en face de moi. »

4. « Djengo » : veillée (fête, réunion organisée le soir). *(Ch.S.)*

A peine les griots de Hammadi avaient-ils entonné leur musique évocatrice que les premières secousses d'un terrible tremblement de terre ébranlèrent la ville. Pris de panique, tous les invités se débandèrent, chacun ne cherchant qu'à sauver sa tête. Seul Hammadi resta assis sans broncher, comme s'il se trouvait sur le trône même de son père...

La jouvencelle, souriante et sereine comme une reine en son palais, méprisant le danger, se tourna vers Hammadi :

« Comment meurt un Peul pur sang, lui demanda-t-elle, et cela quelle que soit sa branche généalogique ?

— La mort est inévitable, répondit Hammadi avec calme. Bien sot est donc celui qui voudrait l'éluder. Plus on se met sur ses gardes, et mieux elle vous surprend. Remèdes et sortilèges, tout plie devant elle quand elle passe. Elle entre comme un reptile et ne sort qu'avec l'âme qu'elle est venue saisir. Rien ne peut rien quand elle frappe de son coup imparable.

« Quant au Peul pur sang, il doit mourir les armes à la main au cours d'un combat pour la défense des troupeaux contre les carnassiers, le lion en tête. Quelle tristesse que de se traîner sur une natte, livide et haletant ! Quelle peine que d'être toujours en remorque de quelqu'un pour sortir comme pour entrer, suant et empestant l'air environnant d'une haleine puante ! Ma sœur, un Peul pur sang meurt une lance épaisse et bien trempée dans la main droite et les rênes d'un coursier fougueux dans la main gauche. »

Pendant ce temps la terre continuait de trembler, secouant violemment toutes choses, dessouchant les arbres et faisant rouler les hommes sur le sol. Les terrasses des palais tombaient sur les toits des maisons voisines, lesquelles s'en allaient culbuter les toitures des poulaillers. Le braiment des ânes, le bêlement des moutons et le beuglement des bœufs, mêlés aux cris des habitants et aux hennissements de terreur des chevaux, déchaînaient un vacarme d'enfer irrité. Le craquement des arbres qui s'abattaient faisait caqueter les poules affolées et chassait de leurs cachettes une foule de crapauds qui se cramponnaient en vain aux canaris d'eau, roulant avec eux vers les crevasses profondes qui s'ouvraient un peu partout.

Toute la population se mit à fuir. La ville était réduite à néant, sauf la maison où se tenaient Hammadi et la jouvencelle. Brusquement, le toit qui les abritait s'entrouvrit et la tête d'un monstre effrayant apparut. De sa gueule en flammes il fit jaillir trente-trois redoutables tentacules.

Hammadi poussa la jouvencelle vers l'un des angles de la demeure. Enlevant rapidement une bague de sa main, il la glissa à l'annulaire de la jeune fille.

« Ceci, lui dit-il, est un gage de notre alliance. Si je succombe, elle te servira de souvenir. »

Se saisissant alors de son sabre, il se mit en garde et frappa de toutes ses forces le tentacule qui allait s'emparer de lui. Un feu terrible jaillit de cette langue mystérieuse. Hammadi perdit connaissance.

Lorsqu'il retrouva ses esprits, il constata avec stupeur qu'il avait été transporté et jeté sur le tas d'immondices situé derrière son propre village. Il ne comprenait rien à ce mystère. « Assurément, se dit-il, il m'arrive là une aventure bien extraordinaire ! » Il se leva, secoua ses vêtements et regagna sa demeure. Il y retrouva tous ses compagnons, aussi troublés que lui pour avoir été, quelque temps auparavant, transportés dans les mêmes conditions mystérieuses.

Hammadi fit venir son Thiorinké, un voyant et magicien peul.

« Consulte tes oracles, lui dit-il, et demande à la Puissance invisible de me dire ce que je dois faire pour avoir ma revanche sur le monstre de Sakaye. »

Le Thiorinké traça sur le sol des points symétriques séparés par des figures variées, et se mit à psalmodier une invocation :

Astre de lundi, entre dans l'astre de dimanche !
Astre de mardi, entre dans l'astre de samedi !
Astre de mercredi, entre dans l'astre de vendredi !
Astre de jeudi, circule entre les trois époux, armé de ta massue, de ton poignard, de ton coutelas, de ta lance, de ta hache et de ton sabre. Dis à tous que Hammadi est monté sur le taureau issu du bœuf Hamtoudo, sur la vache issue du taureau Demba, sur la biche de la prairie Dembourou, et sur le faon qui tète une lionne.

Sa force coupe avec une eau tranchante. Son âme se désaltère avec un feu frais.

Son emblème se trouve au milieu d'une île aérienne, sous la garde d'un reptile gouailleur qui courtise une souche sèche.

Après cette litanie, psalmodiée en modulations montantes et descendantes et peu intelligible pour le commun des mortels, il continua :

Comme je le sais, comme tu le sais et comme il le sait, cette invocation est la clef qui ouvre les portes d'airain derrière lesquelles se trouvent des trésors immenses. Elle fait monter sur les trônes de ce monde et fait triompher de toute chose sur cette terre.

Par kou hop, ko koum hop, ko koum houm houa hop ! Par les marques du bœuf sacré et leurs significations secrètes, par le bâton magique du berger transmué, Hammadi est vainqueur du monstre de Sakaye !

Ô oui ! Ô oui ! L'eau a dissous la terre et éteint le feu ; l'air a asséché l'eau et l'homme est vainqueur de l'air[5].

Après ces paroles ambiguës, le Thiorinké dit au jeune homme :

« Prince, la force supérieure t'est favorable. Le chef des esprits a reçu l'ordre d'enchaîner dans les cachots les plus sombres le monstre tentaculaire. Quant à la

5. Allusion aux onze forces fondamentales traditionnelles dont chacune détruit celle qui l'a engendrée. Il y a d'abord cinq forces matérielles : la pierre engendre le fer qui la détruit, celui-ci engendre le feu qui le fait fondre, le feu engendre l'eau qui l'éteint (ici, par feu on entend également la chaleur qui fait sortir l'eau du corps et qui annonce la saison des pluies) ; l'eau engendre l'air qui l'assèche (la pluie est accompagnée de vent, les cours d'eau génèrent une brise légère). Au cœur des onze forces se situe l'homme. Il est « vainqueur de l'air », parce qu'il est le seul de tout le règne animal à marcher contre le vent ; aucun animal ne lutte contre le vent : ou il va dans son sens, ou il se terre en attendant. Puis viennent cinq forces immatérielles dont on ne voit que les effets : l'homme est vaincu par l'ivresse, l'ivresse est vaincue par le sommeil, le sommeil est vaincu par le souci, le souci est vaincu par la mort, mais la mort est vaincue par la vie éternelle de l'au-delà... *(H.H., d'après des explications reçues de A.H.Bâ.* Voir aussi « Kaïdara », dans *Contes initiatiques peuls, op. cit.*, p. 323, note 2).

jouvencelle, le monstre l'avait enlevée. Elle a recouvré sa liberté, mais elle est partie je ne sais où. »

Hammadi vint trouver sa mère.

« Mère, lui dit-il, je dois partir en voyage et cela pour tout le reste de ma vie, à moins que je ne sois assez chanceux pour retrouver à temps la jouvencelle de Sakaye. Sans elle, la vie est pour moi un enfer. »

Et il improvisa ce poème chanté :

Belle de visage, quel plaisir de contempler
la blanche[6] si bien faite et si appétissante !
Ses dents sont perles pures, elle-même de pure race.
L'image de ses hanches épanouies
et de sa taille svelte me fait dire :
pauvre de moi, je pleure mon âme...

Pour moi plus de nuit, même mon jour est désagréable !
Aucune nourriture ne m'est plus savoureuse ni chaude.
Une obscurité met tous mes sens en deuil
au point que je ne saurais même ressentir
l'intensité des affres de la mort.
Ô pauvre de moi ! Je pleure mon âme...

Blanche ! Vers le lieu de ta retraite, je pars.
Chaque aurore me trouvera voyageant.
Si c'est une armée qui t'a séquestrée, je te délivrerai !
Si ses plus vaillants s'y opposent, je les transpercerai !
Ô pauvre de moi ! Je pleure mon âme...

6. « Blanche » désigne un teint assez clair, d'une clarté lumineuse.

Le départ de Hammadi fut fixé à trois jours de là. Sa mère, affairée, troublée, ne savait plus où elle en était. Ses idées s'embrouillaient, elle faisait tout à rebours... Finalement, elle prépara pour les voyageurs une grande quantité de gâteaux de miel qu'elle façonna en forme de boules.

Leguel-Badhadhi, toujours enfermée dans son masque de bois et s'appuyant sur ses béquilles, s'approcha de la vieille femme :

« Mère, lui dit-elle, je voudrais façonner quelques petites boules pour le bonheur de ton fils.

— Oh, Leguel-Badhadhi, c'est très gentil à toi, mais tu connais les sentiments que Hammadi nourrit à ton endroit. S'il te surprenait la main dans son gâteau, il te tuerait !

— Écoute, bonne mère, Hammadi ne me surprendra pas. Six ou sept boulettes, c'est vite fait. Avant que Hammadi ne revienne de chez son père auquel il est allé dire adieu, j'en aurai terminé. »

La mère de Hammadi céda, et laissa faire la jeune fille. Celle-ci, avec une dextérité étonnante, moula dans ses mains sept petites boules parfaites. La vieille femme, pleine d'admiration pour ce beau travail, s'exclama :

« Puisse le voyage de mon fils être aussi agréable que ces boules sont belles ! »

A l'aurore, la troupe de Hammadi se mit en route. Elle chemina durant des jours et des jours. A chaque repas, Hammadi partageait lui-même les provisions, à raison de sept boules de gâteau par tête.

Un beau matin, Hammadi et sa troupe arrivèrent devant un grand fleuve mystérieux. Un pêcheur semblait être le seul mortel présent à cet endroit. Hammadi le salua.

« Bon pêcheur ! Quel est ce fleuve si large que l'on ne peut rien distinguer sur l'autre rive ?

– C'est le fleuve de la limite, répondit le pêcheur. Il sépare le continent oriental du continent occidental[7]. Sa longueur est de soixante-six millions de coudées.

– Bon pêcheur, je voudrais me rendre sur l'autre rive. Que dois-je faire ?

– Il n'y a rien à faire. On ne passe pas.

– Qui es-tu au juste, ô pêcheur vénérable ?

– Je suis le gardien du secret de la vache[8] et le dépositaire du secret de ce fleuve. Retourne sur tes pas, ce que tu cherches est derrière toi. Hammadi, la force supérieure ne me permet pas de te laisser aller plus loin[9]. Les provisions vont te manquer : il t'en reste juste pour aujourd'hui. »

Hammadi s'aperçut en effet qu'il ne lui restait plus de boulettes que pour un seul repas. Il réunit ses hommes et répartit les boules de miel. Il garda pour

7. Dans le conte initiatique « Kaïdara », seul le héros qui aura triomphé de toutes les épreuves pourra franchir le « fleuve de la limite » qui sépare le monde invisible du monde visible, et ainsi revenir dans le monde des humains (cf. le conte « Kaïdara » dans *Contes initiatiques peuls*, *op. cit.*, p. 295). Les termes « orient » et « occident » revêtent souvent un sens spirituel lié au symbolisme de la lumière.

8. Toute l'initiation pastorale peule repose sur un symbolisme lié au bovidé. Il s'agit ici de la vache hermaphrodite originelle, celle dont il est question dans *Koumen, texte initiatique des pasteurs peuls*, de A. Hampâté Bâ et G. Dieterlen, *Cahiers de l'Homme*, Mouton, 1961 (épuisé). *(H.H.)*

9. Il ne s'agit pas ici d'une quête de nature initiatique, comme dans « Kaïdara ». Hammadi ne peut donc dépasser les limites du monde visible.

lui les sept plus petites, disant que leur beauté suppléerait à leur volume. Il en mangea six, puis arriva à la dernière. Quand il la rompit, il y découvrit la bague qu'il avait donnée à la jouvencelle de Sakaye. Il s'écria :

« Ô mes muscles superficiels et mes muscles profonds, venez au secours des os de mon squelette ! La circulation de mon sang est-elle normale ? Est-ce là foi ou folie ? Est-ce mon corps solide qui devient liquide ? Ai-je affaire à une fée malveillante, à un génie roué ou à un lutin jaloux ? »

Au même moment, le pêcheur poussa un cri rauque et se transforma en un gigantesque lamantin [10]. Il fit un plongeon dans le fleuve, et disparut...

Hammadi, pensif, contemplait l'endroit où avait disparu le pêcheur. « L'embarrassant épouse l'obscur et de leur union naît l'inexplicable, dit-il. Hélas ! Depuis que j'ai vu le monstre diabolique de Sakaye, le soleil de mon bonheur s'est éclipsé. »

A ces mots, le lamantin réapparut :

« Hammadi, cria-t-il, retourne vers ta mère ! »

Hammadi et sa troupe prirent donc le chemin du retour. Les fruits et le gibier ne manquaient pas sur leur route. Le voyage s'effectua sans incident.

Lorsque la mère de Hammadi vit revenir son fils sain et sauf, elle loua tellement Dieu qu'on se demandait si elle allait s'arrêter un jour...

« Mère ! s'écria Hammadi. Veux-tu que je vive ?

10. Lamantin : gros mammifère aquatique herbivore des fleuves tropicaux. Son long corps fuselé doté seulement de deux pattes antérieures serait à l'origine du mythe africain des sirènes. *(H.H.)*

– Certes oui, mon enfant.

– Alors, il faut me dire qui est celui ou celle qui a moulé les sept plus petites boules de mon gâteau de miel.

– Oh, mon enfant ! Personne d'autre que ta mère n'a travaillé à ton gâteau...

– Mère, comprends-moi. Ton refus de me répondre va me rendre fou, sinon me tuer. Je sais qu'une main étrangère a participé à ce travail. J'en ai une preuve.

– Mon enfant, jure sur ce sein que tu as tété [11] que tu ne feras pas de mal au coupable.

– Je le jure mille fois, ma mère !

– C'est Leguel-Badhadhi.

– Mère, je veux qu'on m'amène Leguel-Badhadhi immédiatement, et que l'on publie partout ma décision de l'épouser cette nuit même.

– A moi, familles peules ! clama la mère de Hammadi. Le trouble de la raison s'est emparé de mon fils ! Malheur à moi, car la démence est entrée par la grande porte de ma demeure ! Malheur à moi, car à chaque tresse de ma tête une idiotie s'est suspendue ! Malheur à moi, l'ambassade du diable est l'hôte forcé de ma demeure ! Malheur à moi, mon fils est devenu fou !

– Non, mère, je ne suis pas fou. En ce moment même, je suis l'homme le plus sain de la terre. Jamais je n'ai été plus lucide. La lumière de la joie illumine les ténèbres de mon âme. Mère, change de ton... Ce qui m'empêchait de dormir nuit et jour, devine, qu'est-ce ?

11. Le serment le plus sacré en Afrique.

– Je ne sais pas, mon enfant.

– Mère, c'est Leguel-Badhadhi. Et la jouvencelle pour laquelle je meurs, devine, qui est-ce ?

– Je ne sais pas, mon enfant.

– Mère, c'est Leguel-Badhadhi. »

Hammadi raconta alors à sa mère l'histoire de la bague, et la lui montra. La vieille femme en fut émerveillée à la limite du possible.

Les noces furent célébrées selon la coutume de Waye, grand-père des Peuls de la tribu Férobé.

Leguel-Badhadhi, libérée de son masque de bois, abandonna sa case exiguë pour le palais princier.

Depuis lors, le cerveau de Hammadi se remit bien en place, et toutes choses rentrèrent dans leur ordre...

Et le conte m'abandonne là où il m'a trouvé[12].

12. Ce conte existe avec des variantes. Cf. Christiane Seydou : *Petite Bûche* (Paris, Nubia, 1980) ; et aussi, du même auteur : *Contes et Fables des veillées* (Paris, Nubia, 1976), pp. 54-63. (*H.H.*, d'après *Ch.S.*)

Le saint homme et la petite souris

ou

Qui se ressemble s'assemble

Conte didactique peul

Il a été conté...

Un saint homme habitait dans une caverne, au flanc d'une montagne. Un jour, plongé dans ses réflexions, il se demanda pourquoi, parmi les animaux, certains ne voulaient ni ne pouvaient vivre autrement que dans des matières excrémenteuses alors que d'autres ne pouvaient vivre que dans des éléments purs exhalant une bonne senteur.

Absorbé dans cette pensée, il ne remarqua pas la présence d'une petite souris qui s'était glissée entre ses pieds. Sans même s'en apercevoir, il la piétina et la tua. Quand il revint à lui-même, il découvrit sur le sol la petite souris aplatie, sans vie, toute teintée du henné de son sang.

« Ô Dieu ! s'exclama-t-il, j'ai tué une de Tes créatures ! Que dois-je faire pour me faire pardonner ma faute ? »

De ce jour il se mit à jeûner et à se priver de sommeil. Des mois s'écoulèrent... Et pourtant, le corps de la petite souris ne pourrissait pas ni ne tombait en morceaux. Le saint homme plaça le petit corps dans un endroit où il pouvait le voir en face de lui chaque fois qu'il s'installait pour prier. Or la prière du fidèle dont le cœur est mû par l'amour divin et par le regret de ses propres fautes est toujours favorablement accueillie par Dieu.

Balaw-balaw [1] ! Tout à coup, des lumières transpercent les nuages, leurs rayons déchirent l'espace ! La puissance divine fait irruption dans la montagne et vient insuffler la vie dans le corps de la petite souris. La souris tressaille, elle respire, elle revient à la vie ! Pour la seconde fois, elle naît en ce bas monde. Elle tire l'air de sa poitrine, puis se lève et se déplace en tous sens :

« Salut-salut, marabout ! Ainsi, je suis revenue une deuxième fois en ce monde. C'est ta prière, certes, qui a provoqué cette merveille. Aussi, maintenant que me voici ressuscitée et dotée d'une nouvelle réserve de vie, j'ai décidé de ne point quitter ce lieu. Ici seulement je vivrai, et à tes côtés. Je m'amuserai en allant de-ci de-là dans la caverne... »

Le saint homme lève les yeux vers le ciel :

« Dieu éternel ! C'est Toi, en vérité, qui défais le nœud des préoccupations ! »

Ramenant son regard vers la petite souris, il dit :

« Dieu bon et hautement sanctifié, si ma petite souris avait été une créature humaine, j'en aurais fait mon enfant ; j'aurais suspendu des boucles d'or à ses oreilles ; j'aurais fait fondre de l'argent pour lui façonner des anneaux de cheville. Mes sœurs et frères

1. Onomatopée utilisée pour indiquer le jaillissement brusque et puissant de rayons lumineux.

l'auraient beaucoup aimée et ils auraient orné ses bras de bracelets de grand prix et de parures de choix. Hélas, cela ne saurait être. Petite souris ranimée, fouette le sol de tes pattes et cours vite vers ton trou. Tu n'as point été conçue pour vivre avec un "Fils d'Adam", sache-le. J'ai lu cela dans des écritures et je l'ai noté. J'ai jeûné parce que j'avais causé ta mort. Dieu t'a ranimée, mais je crains que tu ne sois de nouveau blessée. Je préfère te dire adieu. Petite souris, cours vite chez toi, et laisse-moi me noyer dans le fleuve de mes pensées. J'en remonterai le courant et l'observation me servira de rame... »

Chose étrange ! Merveille des merveilles ! Alors que le marabout s'attendait à voir la petite souris courir vers son trou, voici qu'elle se transforme en un bébé-fille poussant de petits cris, puis en petite fille de toute beauté. L'enfant lui dit :

« Eh, marabout ! Me voici devenue enfant d'homme. Élève-moi dans la grâce, fais-moi entrer dans le monde des humains, fais de moi ton enfant. Je t'en prie, éduque-moi [2], élève mon caractère et incline-le vers l'étude [3]... »

Le marabout dit :

« Je t'accepte à cause de Dieu. Tu as été transformée en "enfant d'Adam" pour que je t'élève [4]. A toutes tes demandes, je répondrai selon mon savoir. Je te donnerai un trousseau et des parures suffisantes. »

2. Littéralement : « sèvre-moi ».

3. Littéralement : « donne-moi à boire le caractère élevé, enveloppé dans l'étude ».

4. Littéralement : « pour que je te porte dans le dos ».

Le marabout éleva la petite fille comme il fallait. Avec le temps, le cerveau de l'enfant se concentra, se fortifia[5] ; son caractère se développa, protégé de toute vilenie ; son cœur s'ouvrit et devint si sensible à la beauté de la création qu'il chantait pour les oiseaux et improvisait pour les plantes de la brousse, sans oublier les montagnes et les grandes dunes.

Les jours s'ajoutant aux jours devinrent des semaines, les semaines sur les semaines formèrent des mois, les mois sur les mois mirent au monde des années... Et pendant tout ce temps, le bon marabout préparait en secret l'enfant[6] aux usages du monde, sans faillir à sa promesse et sans jamais se lasser.

Grandissant loin de tous au creux de la montagne, la petite fille devint telle une petite agnelle à poils ras du Sahel que l'on aurait installée dans une prairie d'herbes fraîches. Elle passait ses matinées et ses soirées sans lassitude aucune. Le cœur empli de douceur, vierge de toute peine, la nuit elle dormait d'un sommeil paisible.

Peu à peu son corps s'étoffa et sa peau devint toute lisse. Sa poitrine commençait à pointer, et ses rondeurs en auraient remontré aux tendres melons d'eau. Le souffle léger des fleurs émettait un parfum qu'elle aspirait et qui la remplissait. A son tour, lorsqu'elle expirait, elle parfumait l'atmosphère autour d'elle et toute la caverne sentait bon.

5. Littéralement : « se réunit, se ramassa », au sens où le cerveau se « réunit » pour un effort.

6. Littéralement : « couvait l'enfant ».

Le jour où cet être unique s'avança vers lui en se dandinant, le marabout s'en aperçut et s'en réjouit. Il interrogea la jeune fille :

« Manques-tu de quelque chose ? Éprouves-tu quelque embarras ?

– Père, répondit-elle, auprès de toi, je suis dans la grâce. Mes journées et mes nuits, je les passe dans le raffinement. Je ne manque ni de parures, ni de vêtements, ni de nourriture. Mais une chose me manque, je ne puis le cacher : je voudrais aimer un homme[7] qui lui aussi m'aimerait. Nous badinerions ensemble et nos âmes seraient comblées de plaisir. L'amour de l'homme s'est allumé en moi. C'est comme une flamme qui s'élance, monte vers mon esprit et l'étourdit. Elle me tourmente et met mon âme en désordre. Mon feu est tout à l'intérieur, c'est ce qui t'a empêché de le voir. »

Le marabout la regarde, puis sort brusquement au-dehors :

« Cette enfant mienne, dit-il, je vais au moins faire en sorte qu'elle ne s'éloigne pas trop... »

Il escalade alors la montagne et se met à crier vers tous les horizons, proclamant que sa jeune fille est pubère et qu'elle peut être demandée en mariage. Bientôt des soupirants se présentent en grand nombre. Le marabout appelle la belle jouvencelle. Elle avance en se balançant, telle la première pluie de

7. Littéralement : « un mâle ». (En langage africain, les mots mâle et femelle peuvent s'appliquer aux êtres humains sans aucun sens péjoratif ou restrictif.)

l'année tombant sur une terre assoiffée. Certains candidats, muets d'admiration, s'excluent d'eux-mêmes[8]. A la fin, seuls quatre demeurent en lice.

Le Soleil dit :

« Je serai le premier à parler. Des quatres candidats retenus, je suis le plus puissant. J'occupe un haut degré : je trône dans le ciel et dissipe l'obscurité. Marabout, ta fille vivra dans la lumière. Je te la demande. Accepte mes cadeaux de fiançailles. »

Gros Nuage s'avance et dit :

« Ne l'écoute pas, ô marabout ! Le Soleil est un gâteux qui se vante pour rien. Si ses rayons sont ardents, c'est seulement, je t'en fais témoin, lorsque je suis absent. Je le défie de m'accuser de mensonge face à face, et en ta présence, car je peux m'envoler bien haut et m'allonger sur lui sans que ses rayons puissent me pourfendre ni me traverser. Marabout, je te demande ta fille en mariage. Accepte mes cadeaux de fiançailles. »

Grande Montagne prend alors la parole :

« Ô marabout ! Ce que Gros Nuage raconte là est loin d'être irréfutable[9]. Je ne conteste point qu'il puisse recouvrir le soleil et diminuer son éclat, refroidir l'ardeur de ses rayons et tout remplir d'obscurité. Mais oublie-t-il mon existence, à moi, Montagne ? Il suffit que je l'aspire pour qu'il vienne à moi, s'effondre et s'effiloche. Son outre pleine d'eau se déchire, ses larmes ruissellent et tombent *walwal*[10]

8. Littéralement : « Ils ont rentré leur cou ».
9. Littéralement : « ne peut rester en place ».
10. Onomatopée imitant le ruissellement d'un liquide.

sur la terre. Si Gros Nuage peut se permettre de dire : “Le seul homme, ici, c’est moi”, c’est uniquement quand moi, Montagne, je ne suis pas présent.

« Je suis un être majestueux, surélevé par rapport à la terre. On ne peut ni me piétiner, ni m’aplatir sur le sol, ni me moudre jusqu’à me réduire en farine. Les rayons du soleil se brisent sur ma peau, et la cruche d’eau du nuage sur moi se casse et s’éparpille. Marabout, je te demande la main de ta fille, j’en suis digne. »

Souris-mâle, le quatrième candidat, s’approche à son tour. Il dit :

« J’ignore ce qui m’a valu d’être sélectionné. Je ne suis qu’un animal nain et un rongeur d’ustensiles domestiques [11]. Mes rivaux ici présents ont tous fini de parler. Ils se sont vantés au-delà des limites permises. Mais que ce soit le Soleil, le Nuage ou même la Montagne, sûr de ma force je ne leur répondrai même pas. La Montagne, qui s’estime supérieure à tous les autres prétendants, n’est qu’un ustensile à mon service : je l’utilise, je perce son corps, j’y pratique des sentiers et y établis ma demeure. Et quand elle est en surplomb, elle devient mon hangar. La montagne est mon bien. J’en suis le maître et son intérieur m’appartient. Saint homme, je demande ta fille en mariage. Accepte mes cadeaux de fiançailles. »

La jeune fille s’avance alors vers Souris-mâle. Elle dit :

11. Les ustensiles peuls sont souvent faits de calebasses, de bois creusé ou de paille tissée.

« Je choisis ce prétendant. De toute évidence, il est le plus fort de tous. Père, unissez-nous par les liens du mariage, c'est cela qui me plaît. »

Ne pouvant comprendre les raisons d'un tel choix, le saint homme reste perdu dans ses pensées.

« Mon père, dit la jeune fille, ne te fatigue pas à chercher ce qui a déterminé ma préférence. L'"essence" de l'être a exhalé son parfum, mon âme a répondu à son appel. »

*

Ce conte m'a été dicté en peul par El Hadj Cheikou Bâ, de Sofara (Mali). Je lui ai demandé de me le commenter.

« C'est un conte didactique, m'a-t-il dit. Il est destiné à illustrer une réalité abstraite que nos sens grossiers ne peuvent saisir : l'amour de soi. Celui-ci peut nous aider à nous ouvrir à l'amour divin universel, mais il peut aussi nous faire descendre dans le gouffre des maladies morales.

« En même temps que l'âme, Dieu a mis en nous une étincelle consciente. Elle éclaire et réchauffe le cœur, lui permet de discerner toutes choses, de se porter vers ce qui lui plaît ou de se détourner de ce qui lui déplaît.

« Pour que l'être désire ardemment une chose, il faut qu'il y ait quelque identité de son essence avec celle de l'objet convoité. On ne peut pas détourner totalement ni définitivement un homme de lui-même. C'est pourquoi on réussit rarement à le détourner de ce qu'il aime, car celui qui aime se retrouve toujours dans la chose aimée.

« Le proverbe peul dit : "Laisse l'être aimer ce qu'il aime. Si tu persistes à vouloir l'en détourner, il en viendra à te haïr sans pour autant cesser d'aimer ce qu'il aime."

« La loi du cœur est donc essentielle. C'est en vain que nous lui opposons nos lois conventionnelles et nos règles de bienséance. Il ne faudrait donc pas trouver extraordinaire ni déplacé qu'un être animé, homme ou animal, penche du côté de son semblable. L'homme naturel aimera l'être humain, c'est son prochain. L'animal naturel aimera l'animal qui lui ressemble, c'est aussi son prochain. Aimer son prochain est donc une loi inéluctable. »

J'ai alors demandé à mon maître Tierno Bokar[12] *si cette loi était immuable.*

« Cette loi, m'a-t-il dit, peut se modifier sous l'action de certaines contingences morales, mentales ou extérieures. La modification se traduira par une déviation du comportement ordinaire, par exemple un homme qui aime un animal (son chien, son chat, son cheval...) plus que son prochain humain, ou un animal qui s'attache à un homme plus qu'aux animaux de son espèce.

« Quant à l'"amour de soi", c'est l'aiguille indicatrice de la balance qui permet de mesurer l'ascension d'un être vers l'amour divin universel, ou sa chute vers la déformation qui consiste à tout ramener à soi.

12. Tierno Bokar Salif Tall, maître spirituel d'Amadou Hampâté Bâ. Cf. *Vie et Enseignement de Tierno Bokar* (Le Seuil, 1980, collection « Points-Sagesse »), et *Oui, mon commandant !*, *op. cit.*, dernier chapitre. *(H.H.)*

« L'être naturel, normal, commencera par s'aimer lui-même. Puis, selon son aptitude, il répandra graduellement cet amour de lui sur sa famille et ses proches d'abord, puis sur ses amis, sur les personnes exerçant le même métier que lui ou épousant les mêmes idées, puis plus largement sur ses concitoyens, sur sa race... et enfin sur la nature tout entière, sans discrimination.

« Quand un être atteint le degré de l'amour universel, c'est-à-dire lorsqu'il considère tous les êtres comme ses frères, alors les formes contingentes : race, pays, etc., disparaissent à ses yeux pour faire place à la lumière de l'Unité.

« Quant à l'homme régressif au sens mystique, c'est celui qui entretient à outrance et exclusivement l'amour de soi. S'il persiste dans cette voie, il finira par peser sur le fléau de la balance et par basculer dans le gouffre qui consiste à tout rapporter au "moi". Son "amour de soi" roulera du dehors au dedans de manière à lui faire tourner le dos à tout ce qui n'est point "de lui" ou "à lui". Ébloui par sa propre lumière, à ses yeux le reste de l'univers s'estompera dans l'obscurité de son mépris.... ou de sa méprise.

« A partir de ce moment, et cela quels que soient son niveau de culture, ses apparences de raffinement et l'évolution générale de la race à laquelle il appartient, l'homme, en réalité, est devenu régressif. »

L'origine de la chauve-souris

ou

L'étrange fruit d'amours inattendues

Diély Boukary, de Bamako, est un excellent griot, qui sait avec art pincer les cordes de sa cora[1] *et en tirer une mélodie dont la mélancolique harmonie évoque l'épopée des aïeux disparus. Il sait aussi, qualité non moins précieuse pour un griot, égayer les veillées de contes et de récits plaisants. Certains y trouvent prétexte à rire, d'autres des sujets de réflexion, d'autres encore des leçons morales ou spirituelles.*

Un soir, il débuta la séance par cette exclamation fraternelle : « Ô Maison mère, Ô enfants de cette maison ! »... Puis il nous conta l'origine de la chauve-souris, au tout début du monde.

Il y a longtemps, bien longtemps, il n'existait sur notre terre que les herbes des champs, les oiseaux et un petit carnassier : le renard. Ce dernier, aussi agile qu'un épervier et plus vorace que le feu de l'enfer,

1. Cora : harpe-luth, instrument à cordes à caisse ronde. Instrument traditionnel des griots malinkés. *(H.H.)*

faisait un véritable carnage parmi les oiseaux. Il les croquait soir et matin, petits ou gros, jeunes ou vieux, avec tant d'appétit qu'un jour il n'en resta plus qu'un seul sur la terre. Lorsqu'il s'en rendit compte, le renard se dit à lui-même : « Tant pis ! Cet ultime individu subira le sort de ses semblables. La loi du ravitaillement de mon ventre est inexorable. »

Dès lors commença entre les deux animaux une partie acharnée et mouvementée. La chasse allait se terminer tragiquement pour l'oiselet quand celui-ci, au moment même où la griffe de son ennemi allait s'abattre sur lui, s'écria dans une inspiration subite :

« Eh ! Renard ! Je suis l'unique survivant de tous mes congénères. Dernière semence de tous les oiseaux à venir, qu'ils soient du jour ou de la nuit, du lac ou de la forêt, de la grève ou de la dune, je suis leur seul *espoir*. Je t'en prie, Frère Renard, au nom de la *compassion*, accorde-moi la vie sauve ! »

Pour une fois, le père de tous les renards oublia son propre intérêt. Il accepta d'avoir faim et de souffrir afin de laisser vivre le dernier représentant de la race qu'il avait lui-même anéantie. Mieux encore, pour se faire pardonner, il offrit à l'oiselet son amitié et lui demanda la sienne.

L'accord fut conclu. Le renard devint frugivore. Il ne buvait plus de sang chaud, sa nature se tempéra, il devint même galant et prévenant. Chaque jour, en effet, il ne manquait pas de rendre visite à son amie renarde.

Ainsi allèrent les choses tandis que sous la surveillance du Créateur les années s'écoulaient, que la Terre se déroulait comme un tapis et qu'apparaissaient montagnes et végétation.

Enfin le temps, cet outil magique, usa la querelle qui avait opposé le renard à l'oiselet. Avec les saisons, ce dernier était d'ailleurs devenu une charmante oiselle de son espèce. Parée d'un plumage multicolore, elle était si séduisante qu'elle en vint à conquérir le cœur du renard. Et pour lui, ce fut l'*amour*.

Les deux anciens ennemis en vinrent au dénouement de tout amour heureux et ils accomplirent – j'en demande pardon à vos oreilles – ce que les bergers peuls nomment en termes polis « kiri kipp ».

De cette union hybride naquit un être entièrement nouveau : la chauve-souris aux ailes membraneuses, l'être volant aux dents pointues mais qui allaite son poussin. Et voilà pourquoi la chauve-souris est mammifère parmi les oiseaux, et oiseau parmi les mammifères[2]...

Ici finit le conte...

*

Mais pour qui réfléchit, il apparaîtra résumé tout entier par trois mots : espoir, compassion, amour. A ces trois vertus on doit ici d'abord le salut d'une vie, ensuite la victoire remportée sur une nature sauvage, enfin l'union de deux êtres différents pour en créer un troisième.

2. Sur le symbolisme de la chauve-souris, cf. le conte « Kaïdara » dans *Contes initiatiques peuls*, *op. cit.*, p. 312. *(H.H.)*

La mare aux guenons

ou

La vérité n'appartient à personne...

Conte didactique peul

Dans le très antique royaume peul de Héli et Yoyoo[1] s'étendait une forêt touffue où poussaient plantes herbacées et arbres de toutes sortes. Au cœur même de la forêt se trouvait un grand lac aux eaux claires, douces, limpides, mais extrêmement profondes. Aucune perche, aucune tige de bambou, aucune liane n'étaient assez longues pour en atteindre le fond.

A tout instant du jour, on voyait des êtres vivants nouveaux sortir du lac et se disperser dans la forêt. Et chaque jour aussi les vents poussaient des débris de toutes sortes dans les eaux du lac sans jamais parvenir à les polluer ni à les combler, car ces eaux merveilleuses avaient le don de transformer tout ce qui tombait en elles.

Autour du lac, des guenons et des singes de toutes espèces nichaient dans les branches des arbres... Ils

1. Le « pays de Héli et Yoyoo » est le « paradis perdu » des Peuls dont ils auraient été chassés en des temps immémoriaux, réduits à nomadiser à travers le monde. Sur ce mythe d'origine des Peuls, cf. le conte « Njeddo Dewal, mère de la calamité » dans *Contes initiatiques peuls, op. cit.*, pp. 27 à 34. *(H.H.)*

passaient tout leur temps à crier et à gesticuler : ils s'accrochaient, luttaient, se mordillaient, se lacéraient la peau... parfois même ils s'entre-tuaient ! Ce qui les opposait ainsi, c'était leur désaccord sur l'origine du lac, sa profondeur et la nature de ses eaux. Chaque espèce de guenons ou de singes voyait le lac à sa manière, et chacune voulait à toute force que sa vision soit l'idéale et la seule valable.

Pendant que singes et guenons continuaient ainsi de s'invectiver et, parfois, de se donner la mort, des pélicans au long bec nageaient paisiblement à la surface des eaux. De temps en temps, ils y faisaient un grand plongeon et emplissaient de poissons la vaste poche qui garnissait le dessous de leur bec. Singes et guenons n'avaient que cris moqueurs à leur égard.

La grue-trompette emboucha sa corne : « Koumaa ! Koumaa ! Koumaa ! chantait-t-elle. Je suis l'oiseau chanteur de la race des échassiers, longues pattes, bec solide et pointu. Comme les tribus d'Israël, j'appartiens à l'un des douze groupements qui constituent ma race. J'ai beaucoup voyagé, je connais monts et vallées de par le monde, je connais les rives de mille et mille cours d'eau.

« Comme je vous plains, guenons et singes qui vous moquez du pélican ! Vous ignorez ce qu'il représente et ce dont il est capable. C'est un parent dévoué, un excellent nageur, un grand pêcheur. Et lorsqu'il prend son vol, c'est un voilier imbattable. Il peut vivre partout dans le monde : dans les airs, à la surface de la terre, sur les eaux et dans les profondeurs marines. Et si sa démarche est gauche lorsqu'il se déplace sur la terre ferme, c'est uniquement pour rappeler la lourdeur des gens qui se croient parfaits en tout et se moquent des autres.

« Ô intolérants de tous ordres ! Sachez que votre idéal, quel qu'il soit, ne peut être ni le seul ni le plus parfait. Guenons et singes, battez-vous avec rage ! Vous ne connaîtrez jamais la profondeur du lac ni l'essence de ses eaux. Vous ne réussirez qu'à troubler les eaux de votre propre mare intérieure, mais jamais celles du grand lac, source de vie, de paix et d'harmonie. »

Le berger bossu-bossu

ou

Le cavalier solitaire

Version peule [1]

Dans un pays doté de vastes prairies où les hautes herbes frémissaient au moindre souffle de vent, un couple de bergers peuls, possesseur d'un grand troupeau, vivait à l'écart de tous. Ce couple, versé dans l'art de la magie et connaisseur des paroles secrètes chargées de vie et de pouvoir, n'avait que deux enfants : un garçon, Samba, et une fille, Penda.

Le jour où ils constatèrent que Penda était devenue une jeune fille belle à en rendre jalouse la reine des Génies elle-même, et que Samba pouvait conduire seul le troupeau au pâturage et le défendre contre les fauves, les deux vieux bergers se préparèrent à rejoindre le monde des ancêtres. Ils transmirent à leurs enfants le savoir qu'ils avaient eux-mêmes reçu de leurs parents, puis ils les confièrent à un petit palmier qui, certes, n'était pas un arbre ordinaire. Alors, l'âme en paix, par une nuit de pleine lune ils fermèrent les yeux et quittèrent ensemble notre monde terrestre.

1. Sur l'origine de ce conte, voir plus loin, p. 131, note 11.

De ce jour, Penda s'installa dans la houppe feuillue du petit palmier. Or ce palmier avait une propriété magique : si l'on prononçait certaines paroles, il pouvait élever son tronc très haut ou l'abaisser très bas, ce qui était vraiment des plus pratique pour y accéder ou en descendre.

Samba, lui, partait tôt le matin avec ses animaux à la recherche de nouveaux pâturages. Son bâton en travers des épaules, les tresses ondoyantes de sa chevelure battant au rythme de son pas, il marchait sans se lasser à la tête de son troupeau. Le taureau-meneur, particulièrement puissant par la taille et le courage, lui emboîtait le pas, suivi de l'ensemble des bœufs[2] aux cornes en croissants de lune.

Dans la journée, lorsque ses animaux paissaient tranquillement, Samba méditait en silence ou jouait de sa flûte de berger. Souvent aussi, comme tous les pasteurs peuls, il improvisait de longs poèmes bucoliques qu'à son retour il chantait à sa sœur Penda.

A l'approche du crépuscule, il ramenait derrière lui ses bœufs à la marche indolente. Arrivé auprès du palmier où résidait sa sœur, il l'incantait en chantant la formule spéciale que son père lui avait apprise :

Petit palmier, descends, descends, descends !
Très bas, très bas, très bas !
Par la vertu de ce qu'a dit mon père,

2. Dans ses écrits, Amadou Hampâté Bâ emploie souvent le mot français « bœufs » pour désigner soit l'ensemble des taureaux autres que le « taureau meneur », soit l'ensemble du troupeau, vaches comprises. Ce mot ne doit donc pas être pris ici dans le sens d'animal castré. *(H.H.)*

par la vertu de ce qu'a dit ma mère,
descends très bas, très bas, très bas !...

Docile, l'arbre s'abaissait. Penda en descendait et venait à la rencontre de son frère. Samba trayait alors les vaches aux pis gonflés et attachait les petits veaux pour la nuit. Il offrait du lait à boire à sa sœur, puis ils partageaient un repas frugal. Heureux, goûtant la paix d'une soirée tranquille que seul traversait de loin en loin le cri d'un animal nocturne, ils riaient, chantaient et devisaient jusqu'à ce que le sommeil vienne alourdir leurs paupières. Au-dessus d'eux, les étoiles semblaient des pierres précieuses délicatement serties dans le manteau de la nuit. Non loin de là, le dôme sombre d'un baobab faisait penser à quelque génie accroupi chargé de veiller sur le repos des deux jeunes gens...

Le lendemain matin, quand Samba s'apprêtait à partir, sa sœur retournait s'installer dans sa demeure végétale, qui s'élevait dès qu'elle chantait les paroles appropriées. La jeune fille occupait ses journées à baratter le lait, ou à tresser des vans à l'aide de fibres et de feuilles que son frère ne manquait jamais de lui rapporter chaque soir.

A une journée de marche de là se trouvait une grande cité où résidait Manna, le roi du pays. Riche, puissant, disposant d'un grand troupeau et de nombreux cavaliers, il vivait entouré de ses épouses et de sa famille, mais il n'était pas heureux. Une ombre de tristesse voilait souvent son regard.

Chaque après-midi, Barka, son palefrenier, sortait en brousse pour aller chercher du fourrage destiné aux chevaux de l'écurie royale. Un jour qu'il s'était attardé au-dehors jusqu'à l'approche du soir, il se trouvait non loin du petit palmier magique quand il vit arriver, soulevant la poussière du chemin, hérissant vers le ciel une forêt de cornes effilées, le grand troupeau de Samba. Le taureau-chef aux naseaux frémissants marchait dans les pas du jeune homme. Pris de peur, Barka alla se cacher derrière un buisson, mais de manière à pouvoir observer tout ce qui se passait.

Quand Samba arriva au pied du palmier, comme chaque soir il l'incanta. L'arbre s'abaissa jusqu'à lui et Penda sauta sur le sol. Samba procéda à la traite des animaux et fit boire sa sœur, puis ils restèrent ensemble à deviser dans l'ombre tandis que les animaux se reposaient non loin d'eux. Barka, autant par crainte que par curiosité, ne bougea pas de sa cachette.

Le lendemain matin de bonne heure, comme Samba s'apprêtait à repartir, le palefrenier put contempler la jeune fille à la lumière du jour. Jamais il n'avait vu plus belle femme au monde ! Elle avait le teint clair, les cheveux longs et lisses et les lèvres fines des filles d'Ilo, l'antique berger peul dont les ancêtres, dit-on, venaient des lointains pays du Soleil levant. Sa taille svelte et ses rondeurs charmantes auraient embrasé l'homme le plus froid. Son sourire vous éclairait le cœur comme le premier rayon du soleil après l'orage. Quant à ses yeux larges et profonds, ils étaient comme un lac où l'esprit de l'homme ne peut que sombrer sans recours. Soudain, devant le palefrenier médusé, elle sauta d'un bond léger dans la couronne de feuilles du palmier, et celui-ci, sous l'effet de son chant, s'éleva très haut au-dessus du sol.

Le palefrenier retourna vers la cité royale. Son ventre était si empli de choses à raconter qu'il menaçait d'en éclater[3] ; des bribes de récits s'en échappaient par de menues déchirures, mais il les reprenait et les remettait dans son ventre. Il réussit à tenir tout cela bien caché, jusqu'au moment où il arriva devant le roi.

« Manna ! s'écria-t-il, écoute ma parole, car ce que j'ai découvert aujourd'hui te réjouira le cœur. Pardonne-moi de te le dire, mais tu n'as que des laideronnes pour épouses, et aucune ne possède les attraits ou les qualités propres à chasser la tristesse de tes yeux. La femme dont tu rêves, aussi belle que charmante et agréable, elle existe, je l'ai vue ! Elle se trouve là-bas, vers l'est, dans le feuillage d'un palmier. » Et il évoqua si éloquemment le charme et la beauté de Penda que le cœur du roi s'enflamma. Dès cet instant, il n'eut plus qu'une idée en tête : épouser cette jeune fille. Le lendemain matin, il envoya quatre cavaliers, accompagnés de Barka le palefrenier, pour aller s'emparer d'elle et la lui amener.

Penda, confortablement installée dans son nid de feuillage, était en train de confectionner un van au tissage particulièrement délicat quand elle vit au loin la poussière soulevée par les chevaux. Immédiatement, elle sut que les cavaliers venaient

3. Dans le langage africain, on emploie souvent le mot « ventre » là où les Occidentaux disent « tête ». On ne dit pas : « il a cela dans la tête », mais « il a cela dans son ventre ». Quant à l'expression « ventre qui se déchire », elle évoque la peur qu'éprouve le porteur de nouvelles d'être devancé par un autre et de voir son secret découvert.

pour s'emparer d'elle. Elle modula alors un chant magique pour appeler son frère :

Samba mon frère !
Ramène le troupeau, ramène-le vite, très vite,
car je vois des chevaux du roi
qui soulèvent la poussière.
Ils viennent vers moi pour m'enlever.
Samba mon frère, reviens, ramène les bœufs,
sinon je vais être razziée.

Son frère l'entendit, et il lui répondit de la même façon :

Penda ma sœur, défais les nattes de tes cheveux
et laisse ta chevelure flotter au vent[4].
Si ces cavaliers arrivent jusqu'à toi,
aujourd'hui même de l'un je ferai un borgne
et je couperai la langue à un autre.
Ce sera mon message
à l'intention du roi Manna.

Samba mena son troupeau à l'orée du bosquet sacré où il avait caché son cheval, ses armes et la tunique magique de combat reçue de son père. Il revêtit la tunique, se ceignit les reins de trois lanières de cuir et empoigna sa lance. Il sauta sur son cheval et fonça à travers la brousse, suivi de ses bœufs lancés au grand galop. Sous le martèlement de leurs sabots la terre résonnait et grondait comme le tonnerre. Les animaux de la brousse, effrayés, fuyaient de tous côtés.

4. Signe féminin de détresse ou de grande douleur.

Arrivé près du palmier, Samba stoppa ses animaux d'un seul cri[5], puis s'élança vers les cinq cavaliers. Comme il l'avait annoncé il coupa la langue à l'un, creva l'œil à un autre, et renvoya les cinq hommes auprès du roi pour lui annoncer leur échec.

La fois suivante, le roi Manna envoya une troupe de vingt cavaliers, mais sans plus de résultat. Samba, appelé par sa sœur, arriva au grand galop, défit les cavaliers, fit de l'un un muet et de l'autre un borgne, et les renvoya au roi avec le même message.

Fou d'impatience et d'espérance frustrée, le roi mobilisa une troupe encore plus nombreuse pour aller conquérir Penda. Mais chaque fois Semba, plus redoutable qu'une armée, les battait à lui tout seul, faisait un borgne et un muet et les renvoyait au roi.

La saison avançait. Bientôt, la sécheresse s'installa. Cette année-là, elle fut particulièrement sévère. Grillées par le soleil, les jeunes pousses se recroquevillaient et se desséchaient sur place. Bientôt, sur la terre presque à nu, il n'y eut plus la moindre brindille à brouter. Samba dit à sa sœur :

« Dans toute la brousse environnante, il n'y a plus de nourriture pour nos animaux. Demain je vais les emmener très loin, en direction du fleuve, là où l'on peut encore trouver de l'herbe fraîche. Mais sois tranquille ! Si tu m'appelles, je percevrai toujours ta voix et j'accourrai aussitôt ! »

5. Les anciens Peuls possédaient la « science des cris » pour lancer ou stopper les animaux. Dans les régions à vocation pastorale, même un jeune garçon est capable de stopper d'un cri une troupe de bœufs. Certains cris servent aussi à éloigner les fauves.

Quelques jours plus tard, le roi Manna, qui avait reconstitué ses forces, envoya une nouvelle troupe de cavaliers pour s'emparer de la jeune fille. Barka le palefrenier, qui s'était toujours tiré indemne de toutes les batailles, les accompagnait.

Quand Penda vit au loin le nuage de poussière soulevé par les chevaux, elle se mit à chanter pour appeler son frère. Pas de réponse... Elle répéta son chant une deuxième fois, puis une troisième, une quatrième... Hélas, toujours aucun écho ! Samba, entraîné trop loin dans sa quête d'herbe fraîche, avait franchi une limite au-delà de laquelle il n'entendait plus rien. Le destin avait fait son œuvre...

Pendant que Penda continuait d'appeler en vain, les cavaliers étaient arrivés au pied du palmier. Alors le palefrenier, qui avait retenu les paroles par lesquelles Samba faisait descendre l'arbre, commença à chanter : « Petit palmier, descends, descends ! » L'arbre descendit doucement.

La jeune fille répliqua par le chant contraire : « Petit palmier, remonte, remonte !... » Et le palmier remonta.

Toute la troupe se mit à chanter : « Petit palmier, descends, descends !... » tandis que Penda toute seule chantait : « Petit palmier, remonte, remonte !... » Et le palmier descendait, remontait, descendait, remontait... A la fin Penda, troublée, fatiguée, s'embrouilla la langue et dit : « Descends !... » L'arbre descendit d'un seul coup, si bas qu'il s'enfouit presque sous la terre. Les cavaliers se saisirent de la jeune fille et l'emmenèrent chez le roi.

Quand Samba revint de la haute brousse avec son troupeau, il incanta le palmier. L'arbre vint à sa hauteur, mais son nid de feuillage était vide. Penda n'était plus là. Comprenant ce qui était arrivé, Samba passa toute la nuit à pleurer.

Le lendemain matin, il alla cacher ses armes dans un bosquet sacré et confia son cheval à la garde d'un génie. Il prit son bâton de berger, le bâton taillé dans une branche de l'arbre sacré nelbi et que tout berger peul reçoit au terme de son initiation. Il dit :

« Ô Guéno, Seigneur éternel, puissant sur toutes choses[6] ! Je t'en conjure par la vertu du lait et du beurre[7], fais que mes animaux s'avalent les uns les autres !... » Et tous les taureaux, vaches et petits veaux se mirent à s'avaler les uns les autres, jusqu'à ce qu'il n'en reste que quelques-uns.

« Ô Guéno ! reprit Samba. Que mon grand taureau avale tout le troupeau !... » Et le grand taureau avala les animaux qui restaient.

« Et maintenant, dit Samba, qu'à mon tour j'avale le grand taureau !.. » Et il avala le grand taureau.

Dès que Samba eut avalé le grand taureau, qui lui-même avait avalé tout le troupeau, il devint tel un monstre, bossu par-devant et par-derrière, boursouflé de partout, repoussant à force de difformités. Même son visage était méconnaissable ! Seuls demeuraient semblables à eux-mêmes ses grands yeux au regard vif et ses tresses ondoyantes. Il recouvrit ses cheveux de

6. Guéno : « Éternel », nom du dieu créateur suprême chez les Peuls. *(H.H., d'après A.H.Bâ.)*

7. Pour les Peuls, le lait et le beurre ne sont pas seulement des nourritures, mais des substances sacrées. Les serments ou invocations faits en leur nom sont parmi les plus puissants.

poussière, attacha grossièrement ses nattes sur sa nuque et voila son regard...

Ainsi transformé, s'appuyant sur son bâton de berger, il prit le chemin de la cité royale. Arrivé devant la porte du palais, il demanda l'hospitalité. Les gardiens commencèrent par le renvoyer en se moquant de lui ; mais comme rien ne semblait le décourager ni le faire reculer d'un pas, lassés par son insistance ils finirent par le laisser entrer.

Depuis qu'elle avait été enlevée, Penda était devenue la femme préférée du roi. Elle aperçut le pauvre berger difforme, mais elle ne reconnut point en lui son frère bien-aimé ; le mariage avait dissous le lien magique qui la liait auparavant à lui.

Le cœur empli de pitié, elle alla demander au roi son époux de garder le berger bossu dans son palais. Comme le roi l'adorait et faisait tout ce qu'elle lui demandait, Samba resta. On l'appelait le « berger bossu-bossu », autrement dit « bossu de partout »...

Il devint le berger du roi. Grâce à ses soins, le troupeau royal prospéra comme jamais auparavant. Les naissances y étaient nombreuses, et les maladies rares. Manna se prit d'amitié et d'attachement pour ce berger étrange, discret et désintéressé, et qui semblait ne vivre que pour ses animaux.

Les jours passaient.

Samba, qui ne se liait à personne et ne se mêlait pas aux conversations des jeunes gens du palais, demeurait presque constamment silencieux. Rares étaient ceux qui avaient entendu sa voix. Un jour, Penda dit à son époux :

« Ton berger est toujours seul, enfermé dans son silence. Ne crois-tu pas qu'il serait bon de lui donner une femme en mariage ? Pour te l'attacher et être sûr qu'il demeurera à tes côtés, tu pourrais même lui donner une de tes filles. La femme est la meilleure des entraves pour retenir un homme. »

Or le roi Manna avait sept filles très belles. Il les appela toutes les sept.

« Voudrais-tu épouser mon berger bossu ? demanda-t-il à l'aînée.

– Père, aie pitié de moi ! ricana-t-elle. Fais-moi épouser un lézard plutôt que ce monstre !

– Et toi ? demanda-t-il à la deuxième.

– Moi ? Je préférerais épouser un crapaud plutôt que cet horrible contrefait ! » s'indigna-t-elle.

Il posa la même question aux quatre filles suivantes... Toutes les quatre firent la même réponse, chacune évoquant quelque nouvel animal immonde.

Finalement, il se tourna vers sa cadette, Kodda, la dernière de toutes mais la plus gracieuse et la plus jolie :

« Et toi, ma fille, accepterais-tu d'épouser mon berger bossu ?

– Père, dit-elle, je serai l'épouse de l'homme que tu me désigneras, quel qu'il soit.

– Bien, dit le roi. Nous allons célébrer le mariage. »

Toute la ville se mit à jaser : « Comment ! Le roi va donner la plus charmante de ses filles au berger bossu-bossu ? A un monstre pareil ? » Les commérages allèrent bon train, mais rien n'y fit. Le roi l'avait décidé, le mariage eut lieu. La fête dura toute une semaine.

Une fois le temps de retraite nuptiale écoulé[8], un soir, après le coucher du soleil, les jeunes gens de la cité, comme la coutume le leur permettait[9], vinrent envahir la cour de la jeune femme et s'installèrent autour d'elle pour une causerie. Le mari bossu se tenait dans un coin. Et chaque fois qu'un jeune homme voulait cracher le jus de son tabac ou de sa noix de cola, il allait le cracher sur lui. Samba, impassible, ne disait rien.

Cela devint une habitude. Chaque soir, les jeunes gens venaient ainsi dans la cour de Penda causer, rire et se vanter, s'amusant à rabaisser son mari en lançant sur lui les giclées rougeâtres de leurs chiques. Samba, maître de lui-même, ne disait toujours rien.

Une nuit, alors que Samba dormait dans sa case, une bande de brigands s'empara du troupeau du roi et l'emmena dans la haute brousse. Le lendemain matin, on battit le tam-tam de guerre. Les cavaliers du roi sortirent au galop pour aller délivrer les animaux razziés. Quand tous les guerriers furent partis, le berger bossu-bossu quitta à son tour la ville, mais discrètement, sans se faire voir. Il prit le chemin de son bosquet sacré.

8. Coutume des pays de savane africaine, en particulier des Peuls. Après le mariage, les époux restent enfermés une semaine ou plus, tandis qu'à l'extérieur la fête bat son plein. [Cf. *Oui, mon commandant !*, *op. cit.*, pp. 119 et suivantes.]

9. Selon une coutume peule, les jeunes gens pouvaient passer une partie de la soirée chez une belle femme, même mariée, si le mari était d'accord. Ces séances étaient l'occasion d'une sorte de cour d'amour platonique où l'on faisait assaut de poésie et de beau langage. Si le mari était un homme de poids et d'autorité, il pouvait l'interdire.

Une fois arrivé, il pria Guéno, l'Éternel, de l'autoriser à vomir son grand taureau. Il le vomit, détacha ses tresses, et redevint aussitôt le beau jeune homme élancé, vif et courageux qu'il était. Il revêtit sa tunique de combat et se saisit de ses armes. Le génie du bosquet lui ayant amené son cheval, il le monta et se dirigea droit sur le champ de bataille, dont on entendait les cris et les fracas à des lieues à la ronde. Lorsqu'il parvint à proximité, il vit que les brigands avaient défait tous les cavaliers du roi. Ils en avaient tué et blessé un grand nombre, et enchaîné les survivants. Le troupeau avait été parqué non loin de là.

Lance dressée, Samba sortit alors du bosquet et fonça sur les brigands. Il les tua presque tous, délivra les prisonniers et leur confia un message : « Quand vous rentrerez en ville avec le troupeau, allez dire au roi Manna que le cavalier solitaire le salue. » Et il regagna son bosquet. Il confia son cheval au génie, déposa ses armes, avala son grand taureau et redevint le berger bossu-bossu dont tout le monde se moquait.

Comme les cavaliers revenaient vers la ville, Samba vint se placer derrière eux. A sa vue, les gens s'esclaffaient : « Voyez donc le berger bossu-bossu ! Il a eu tellement peur qu'il est allé se cacher, et c'est maintenant seulement qu'il réapparaît ! »

À la nuit tombée, comme de coutume, les jeunes gens vinrent faire la cour à sa femme. Sans vergogne, ils se vantaient d'avoir tué ou mis en fuite de nombreux guerriers ennemis, inventaient de hauts faits d'armes, bref, se taillaient à bas prix une réputation de hardis combattants. Samba, toujours assis à l'écart, écoutait et observait sans rien dire ces faux braves à qui l'on offrait des noix de cola, et voyait sa femme s'extasier au récit de leurs exploits.

Il y eut deux autres expéditions successives de brigands, mais chaque fois Samba les défit, avec la même discrétion.

À la quatrième expédition, les brigands n'enlevèrent pas les animaux du roi, mais les femmes de la ville. Comme on était à la veille d'un jour de fête, selon la coutume toutes les jeunes filles avaient ramassé les vêtements des garçons et habitants du village pour aller les laver à la rivière à grand renfort de chants, de rires et de cris joyeux. Les brigands en profitèrent pour fondre sur elles et en razzier un grand nombre. Parmi elles se trouvait Kodda, la fille cadette du roi, épouse de Samba le berger bossu-bossu.

Les rescapées revinrent en pleurant au village, criant que leurs compagnes avaient été razziées. Immédiatement, le roi fit battre son tam-tam de guerre et réunit une nouvelle troupe de combattants pour aller délivrer sa fille et ses compagnes.

Comme à son habitude, Samba sortit de la ville après le départ des cavaliers. Il se rendit à son bosquet sacré, vomit son taureau, reprit sa forme originelle et récupéra ses armes.

Enfourchant son cheval, il s'élança comme une flèche vers la plaine où la bataille faisait rage. Sans craindre la mêlée des étalons ni le cliquetis des armes, il fonça sur l'ennemi, véritable lion de combat renversant tout sur son passage. Mais il avait affaire à rude partie. Les guerriers adverses, bien armés, étaient nombreux et courageux. La bataille fut terrible. À la fin tous les combattants du roi encore valides s'enfuirent, si bien que Samba resta seul pour affronter les brigands. Il en tua beaucoup, en blessa un grand nombre et mit les autres en fuite. Mais sa tunique magique s'était relevée au cours du combat, et il avait reçu une blessure à la jambe.

Après avoir délivré les jeunes femmes enchaînées, il prit Kodda en croupe. Elle ne reconnut point son mari en ce cavalier intrépide, mais se sentit envahie d'un trouble étrange. Voyant saigner sa blessure, elle déchira un morceau de son pagne pour bander la plaie.

Quand ils arrivèrent à l'entrée de la ville, Samba déposa la jeune femme à terre et fit mine de s'éloigner. Elle s'étonna :

« Tu ne viens pas avec moi, que je puisse te présenter au roi mon père ?

– Non, ce n'est pas la peine, répondit-il. Dis seulement à ton père que le cavalier solitaire le salue. »

Kodda alla rendre compte des événements au roi, puis rentra chez elle.

Le berger bossu-bossu rentra un peu plus tard en ville, toujours salué des mêmes quolibets moqueurs sur son passage.

Depuis que le héros étranger l'avait ramenée sur son cheval, depuis qu'elle avait admiré sa beauté, son intrépidité et son courage au combat, Kodda en était tombée amoureuse à en mourir.

Les jeunes gens continuaient de se réunir le soir dans sa cour, mais il n'était plus question de se vanter devant elle... Ils avaient tous fui le champ de bataille, et elle en avait été témoin. Seuls quelques effrontés qui n'avaient pas eux-mêmes participé à la bataille se risquaient à raconter en ville des exploits qu'on leur avait rapportés...

Sourde au babil des conversations, la jeune femme ne faisait que rêver au cavalier solitaire. Quant à son époux, il ne soignait sa plaie qu'au milieu de la nuit, quand tout le monde était endormi.

La situation dura ainsi trois ou quatre jours. Une nuit, comme la jeune femme ne pouvait trouver le sommeil tellement elle pensait au héros inconnu, elle vit tout à coup son mari se lever prudemment, à gestes lents et silencieux. Intriguée, à la faible lueur de la lampe à huile elle l'observa entre ses paupières mi-closes. Elle le vit relever tout doucement son pantalon, poser sa jambe sur un tabouret et dérouler la bande qui entourait sa plaie. Au comble de la surprise, elle reconnut le morceau de pagne qu'elle avait donné au cavalier blessé. « Comment ! se dit-elle. Le cavalier solitaire ne serait autre que mon mari ? Mais comment peut-il être ainsi défiguré ? » Incapable de se contenir, elle se leva, se précipita vers lui et lui arracha la bande des mains :

« J'ai reconnu mon morceau de pagne, lui dit-elle. Qui es-tu vraiment ? Si c'est toi le cavalier solitaire que j'ai vu se battre avec tant de courage, pourquoi te cacher ainsi ? Pourquoi en es-tu réduit à cet état ? Je t'en supplie, dis-moi la vérité, guéris-moi de mon tourment ! »

Ému par ses larmes et sa sincérité, Samba finit par céder et lui révéla toute l'histoire.

Le lendemain matin, la jeune femme alla trouver son père et lui raconta tout. Elle lui dit comment toutes les victoires et toutes les délivrances avaient été le fait de son seul mari bossu, non sous son apparence actuelle qui n'était qu'un leurre, mais sous son vrai visage ; elle lui dit que le « cavalier solitaire » n'était autre que lui, que c'était non seulement un héros, mais un homme plein de noblesse et de discrétion, et qu'elle l'aimait de tout son cœur.

Pendant ce temps, Samba était allé vomir son grand taureau, et celui-ci avait restitué à son tour tous les autres animaux. C'est donc dans sa forme originelle et à la tête de son vaste troupeau que le jeune homme fit son entrée en ville. Quand le roi le fit venir pour lui exprimer sa reconnaissance, il constata qu'il n'avait pas plus d'animaux que son ancien berger... Mais qui pourrait décrire la joie de Penda, l'épouse préférée du roi, quand elle reconnut dans le cavalier solitaire son frère bien-aimé, et surtout quand elle comprit qu'il avait accepté pendant tout ce temps d'être la risée de tous, uniquement afin de pouvoir rester au palais et veiller sur elle en secret...

Le bruit ne tarda pas à se répandre dans toute la ville : le beau jeune homme n'était autre que l'ancien « berger bossu-bossu » ! Tout le monde accourait pour venir voir le héros d'une aventure aussi étrange, auteur de tant de victoires et libérateur des jeunes filles de la ville. Et chacun s'accorda à dire que c'était vraiment le plus bel homme de tout le pays !

La nuit venue, quand Samba et son épouse se retrouvaient dans l'obscurité, Samba disait : « Kodda, ris pour que la lumière se fasse ! » Kodda riait, et immédiatement l'ombre se dissipait. Et lorsque la jeune femme défaisait les nattes de sa coiffure pour aller se coucher, sa chevelure était si fournie qu'elle la roulait à côté de sa tête comme un coussin. Et c'est sur ce coussin que Samba posait sa tête.

Bref, c'était la joie partout, sauf dans le cœur des six sœurs aînées de Kodda qui, jadis, avaient dédaigné le berger bossu-bossu, et qui, aujourd'hui, en étouffaient de dépit et de jalousie.

Le temps passa. Les six sœurs, dont les cœurs s'aigrissaient de jour en jour, convinrent entre elles de perdre leur cadette. Sous la direction de leur aînée, qui souhaitait plus que tout prendre la place de Kodda, elles mirent au point un stratagème. Un matin, elles vinrent trouver leur cadette :

« Kodda, nous partons faire la lessive au bord de la rivière.

– Ce n'est pas la peine, répondit Kodda. Il y a des servantes ici ; apportez votre linge et elles iront le laver.

– Ah oui ? Tu veux te moquer de nous parce que tu te crois supérieure ! Tu t'estimes au-dessus de ces petites choses ! Nous, nous allons laver notre linge nous-mêmes. Si tu veux venir avec nous, c'est bien. Si tu ne veux pas, tant pis ! »

N'aimant pas contrarier ses sœurs aînées, Kodda accepta de partir avec elles. Arrivées au bord de la rivière, elles lui dirent :

« Kodda, ce n'est pas la peine de descendre jusqu'ici. Reste en haut de la berge ; nous, nous allons faire la lessive. »

Elles entrèrent dans la rivière et commencèrent à laver leur linge. Au bout d'un moment, l'une d'elles appela :

« Kodda, viens me donner à boire. » Kodda, bien que sa sœur fût entourée d'eau potable, se leva sans protester, descendit de la berge, prit une calebasse et entra dans l'eau jusqu'aux genoux. Elle emplit sa calebasse et revint vers sa sœur pour la lui donner. Celle-ci s'exclama :

« Est-ce à moi que tu veux faire boire l'eau de tes genoux, pour me faire attraper une maladie de genoux ? »

Kodda vida sa calebasse et avança plus loin dans la rivière, jusqu'à ce que l'eau lui arrive à la ceinture. « Est-ce à moi que tu vas faire boire l'eau de ton nombril, ricana sa sœur, pour que j'attrape une maladie de ventre ? »

À la demande de ses sœurs Kodda avança encore, et encore, jusqu'à ce que l'eau lui vienne au menton. Au moment où elle allait s'engouffrer dans les profondeurs, un aigle d'immense envergure fonça sur elle, la saisit dans ses serres et l'enleva. Puis il s'éleva si haut qu'il s'enfonça dans un nuage et y disparut. « Eh bien ! s'exclamèrent les sœurs. Nous voilà enfin débarrassées de cette prétentieuse ! » Elles coupèrent des feuilles de nénuphar, les attachèrent sur la tête de leur sœur aînée pour cacher ses cheveux et la revêtirent des vêtements de Kodda. Puis, sans rien dire à personne, elles regagnèrent le village. La sœur aînée, revêtue des vêtements de Kodda, alla prendre sa place dans sa case.

Juste avant le coucher du soleil, Samba revint du pâturage. Le temps de parquer ses animaux, la nuit était tombée et la case était obscure. « Kodda, ris pour faire la lumière ! » dit-il comme chaque soir. La fausse Kodda rit, mais l'obscurité se fit plus intense encore.

« Kodda, que se passe-t-il ?

— Peut-être me suis-je enrhumée au bord de la rivière, dit la femme. Nous avons passé beaucoup de temps dans l'eau. »

Au moment de se coucher, Samba voulut prendre la chevelure de son épouse pour la rouler et s'en faire un coussin, mais seules des feuilles humides de nénuphar lui restèrent dans les mains.

« Kodda, qu'est-ce que cela ? s'écria-t-il.

— C'est l'eau qui a mouillé mes cheveux, au point qu'ils sont devenus comme des feuilles de nénuphar », dit la femme.

Le lendemain matin, à la lumière du jour, la vérité éclata. La fausse Kodda fut obligée d'avouer son stratagème. Le roi Manna la fit séquestrer et envoya toute une armée à travers le pays pour rechercher sa fille bien-aimée, mais personne ne la trouva. On la chercha partout, on visita chaque montagne, chaque village, on questionna les sédentaires et les voyageurs, mais en vain. Nul ne savait où elle était passée.

Un jour, Barka, le même palefrenier qui avait jadis découvert Penda, vint se reposer dans la haute brousse sous un grand baobab. Les branches de l'arbre-roi étaient chargées de ces fruits nourrissants que l'on appelle « pain de singe [10] ». Barka aurait bien voulu en cueillir un, mais ils étaient placés trop haut. Comme il ne pouvait grimper à l'arbre en raison de l'envergure de son tronc, il lança son bâton contre un fruit pour le faire tomber.

10. Nom donné au fruit comestible du baobab, dont les singes sont friands.

Tout à coup, une voix féminine qui semblait sortir des feuilles s'éleva du haut de l'arbre :

« Qui ose lancer un bâton contre un fruit de mon logis ?

– C'est moi, Barka, répondit l'homme, le palefrenier du roi Manna.

– Et que se raconte-t-il, la nuit et le jour, dans la cité de Manna ?

– On ne parle, de jour comme de nuit, que de la disparition de Kodda, la fille cadette du roi. Elle s'est perdue dans la brousse et y passe ses nuits.

– C'est ton père et ta mère qui se sont perdus dans la brousse et y passent leurs nuits ! s'indigna la voix. La cadette bien-aimée de Manna n'est pas perdue, et elle n'a point passé de nuit dans la brousse. Elle est sous la protection du roi des aigles et loge dans la frondaison de ce baobab sous lequel tu te tiens ! »

Le palefrenier n'en croyait pas ses oreilles ! Ainsi, Kodda, que l'on cherchait dans tout le pays, se trouvait ici dans cet arbre, tout comme jadis Penda, la sœur de son époux, avait habité dans la touffe d'un palmier... Mais le baobab, lui, ne s'abaissait pas pour la laisser partir : la jeune femme n'avait aucun moyen de quitter seule les hautes branches où l'aigle l'avait déposée. Pour l'empêcher de mourir de faim, l'étrange oiseau allait chaque jour s'emparer de lait, de viande et de nourriture, et les lui apportait dans son refuge.

Le palefrenier retourna à pas précipités vers la cité. Sous la pression de la nouvelle dont il était porteur, de nouveau son ventre se déchira, comme jadis quand il avait découvert Penda. La nouvelle en sortit, mais il la reprit et la ramena dans son ventre. Arrivé au palais, il courut vers le roi :

« Manna ! Manna ! Ta fille n'est pas perdue ! Elle est là-bas, dans le feuillage d'un grand baobab où un aigle extraordinaire l'a déposée. Il s'occupe d'elle et lui apporte chaque jour sa nourriture... »

Quelqu'un courut porter l'heureuse nouvelle à Samba.

Quant au roi, il envoya immédiatement des émissaires pour parlementer avec l'aigle et lui demander de rendre la jeune femme à l'amiable. On le remercia beaucoup de s'être si bien occupé d'elle, et on promit de lui donner en échange tout ce qu'il voudrait.

L'aigle demanda à être déclaré « aigle royal » — titre qu'il a d'ailleurs conservé jusqu'à ce jour... Puis il souleva délicatement Kodda et la déposa sur le sol. Les émissaires la firent monter sur un cheval et la ramenèrent en triomphe dans la cité, tandis que l'aigle royal, ses larges ailes étendues, planait silencieusement au-dessus de leurs têtes.

Au palais comme dans toute la cité, la liesse fut générale. Tout le monde était heureux.

Le roi Manna ne pouvait cependant pardonner à celle de ses filles qui avait organisé ce méfait dans le seul but de se substituer à Kodda. Dans sa colère, il déclara qu'il fallait l'exécuter et placer sa dépouille en travers du seuil de la case de Kodda, afin que celle-ci l'enjambe au moment de rentrer chez elle.

Samba le noble, dont le cœur ne connaissait ni la peur ni la haine, ne souhaitait pas voir une mort entacher son bonheur retrouvé. Aussi conseilla-t-il à son épouse de proposer à son père une autre solution : on laisserait sa sœur en vie, mais elle serait condamnée à venir s'allonger et faire la morte devant la porte de Kodda, qui enjamberait son corps pour franchir le seuil de sa demeure.

Le roi donna son accord, et il en fut ainsi décidé.

La sœur coupable, enjambée par sa cadette devant toute la population, en éprouva une telle humiliation qu'elle quitta le pays le jour même. Personne ne la revit jamais.

Depuis, tout le monde vécut en paix dans la cité aux grands troupeaux[11]...

11. D'après Mme Christiane Seydou, la première partie de ce conte est très connue en Afrique de l'Ouest (il en existe notamment des versions en bambara), mais elle n'a rencontré la deuxième partie (celle du berger tout bossu) qu'en milieu peul. Tous les noms de la présente version sont en tout cas des noms peuls.

Il existe au Mali différentes versions de ce conte, de longueurs inégales et différant sur certains points. Certaines de ses principales séquences (les deux orphelins, le prince méconnu sous sa difformité passagère ou revêtu de haillons, l'enlèvement de la fille du roi — ailleurs « coépouse préférée du roi »), y font le plus souvent l'objet de contes séparés.

Cf. Christiane Seydou : *Contes et Fables des veillées*, *op. cit.*, p. 92 ; *Des preux, des belles... des larrons* (Paris, Nubia, 1987), p. 41. On trouvera aussi le résumé de deux versions inédites recueillies par Mme Seydou à Sendégué dans son article : « Ou tu me donnes une femme ou je reprends ma petite sœur », in « *Worso*, Mélanges offerts à Marguerite Dupire » (*Journal des Africanistes*, 55, 1-2, 1985), pp. 127-143. Cf. également Gérard Meyer, *Paroles du soir. Contes toucouleurs* (Paris, L'Harmattan, 1988), pp. 143-150 ; et F.V. Equilbecq, *Contes populaires d'Afrique occidentale* (G.-P. Maisonneuve et Larose, Paris, 1972, p. 494. *(H.H., grâce à des éléments fournis par Mme Christiane Seydou.)*

Le cadavre de Hyène-Mère

ou
La justice des Grands

Le présent conte a été écrit et développé par Amadou Hampâté Bâ à partir d'un petit conte, « Le tribunal du lion », qu'il entendit dans sa jeunesse de la bouche de son maître Koullel, le grand conteur peul (on trouvera le texte de ce conte originel à la fin de l'annexe). Comme on le verra, seule l'idée de base de ce conte originel a servi de trame pour la présente version : les épisodes du « jugement » ont été créés de toutes pièces par Amadou Hampâté Bâ avec une jubilation évidente, ainsi que le « verdict » final et la leçon qui s'en dégage...

Sur son manuscrit, Amadou Hampâté Bâ avait précisé en sous-titre : « Nouveaux contes de l'Afrique noire », ce qui laissait supposer une intention de réaliser d'autres contes de ce type. Malheureusement, nous n'avons rien trouvé de semblable dans ses archives, du moins écrit en français. (H.H.)

*

Il était une fois...

Mais une fois n'est pas coutume.

Cette fois-là, l'Empereur des pays de Brousse et de Forêt réunis, Sa Majesté Lion XVIII, nomma sœur Hyène « Baronne des Savanes », avec le titre de « Baronne Hyène de Train Arrière Surbaissé ». La nouvelle Baronne reçut des mains de l'Empereur lui-même un très beau manteau de couleur fauve.

Un matin, la Baronne Hyène de Train Arrière Surbaissé, revêtue de son manteau, se présenta devant l'Empereur.

« Sire, lui dit-elle, il importe désormais que, dans votre Empire, les vivants apprennent à respecter les morts. J'ai en tête un projet de loi que je suis venue soumettre à Votre Majesté. Si vous partagez mon humble manière de voir, mon projet sera adopté et il aura force de loi dans la jungle tout entière. »

Sa Majesté Lion XVIII soumit à l'Assemblée représentative, pour discussion et décision, le projet de la Baronne. Ce projet, qui comportait un préambule et trois articles, fut adopté à l'unanimité. Il était ainsi conçu :

PRÉAMBULE

— Vu l'envergure du museau à la pointe de la queue de Sa Majesté Lion XVIII, Empereur de la Jungle,

— Vu la terreur que l'œil de Sa Majesté Lion XVIII inspire à tous les quadrupèdes carnassiers et herbivores,

– Vu la loi fixant les limites et l'épaisseur de la crinière de Sa Majesté Lion XVIII,

– Vu les actes régissant la vie de tous les « sous-genres » de chats,

– Vu l'avis émis en Assemblée générale par la Commission des trois tribus d'Hyènes des régions chaudes,

– Vu le procès-verbal en date du treizième jour de la quatrième lune de l'année en cours établi par la commission composée des experts « décrétalistes », à savoir :

1. Le Marquis Crocodile des Crocodiliens[1]*, ancien Saint d'Égypte, délégué général des « Aquatiques de l'Afrique Ancienne française et anglaise »,*

2. Le Gentilhomme Hérisson de Piquants aigus, délégué de l'Ile-qui-Bouge,

3. Le Vicomte Chacal à Chabraque, délégué du ministre des États hurleurs,

– Sur la proposition de la Baronne des Savanes, Hyène de Train Arrière Surbaissé,

DÉCRÈTE

Article 1er. *Il est interdit sous peine de mort, dans toute la Jungle relevant des États Touffus de Sa Majesté Lion XVIII, d'exhumer un cadavre enfoui sous terre à la manière de la gent humaine bimane et d'en consommer la chair, même si celle-ci se trouve en état de putréfaction avancée.*

1. Classe de reptiles à laquelle appartient le crocodile.

Article 2. *Le présent décret sera imprimé en grosses taches sur une robe d'un gris tirant sur le brun.*

Le Révérend Père Autruche-mâle revêtira cette robe après s'être fait raser le crâne. Il portera également à la base du cou un collier discret fait de fins duvets blancs.

Le Révérend Père Autruche-mâle devra parcourir, jambes et pieds nus, toutes les distances qui séparent les cavernes des dunes et les régions lacustres des contrées arides.

Il sera accompagné d'un cortège officiel ainsi composé :

1. M. Cynocéphale, docteur ès lettres et docteur en théologie. Le Dr Cynocéphale sera chargé de lire à haute voix le texte du décret-bulle imprimé sur la robe que portera le Révérend Père Autruche-mâle. Le Dr Cynocéphale, sous peine de recevoir quatre coups de bâton sur la plante des pieds, sera tenu, chaque fois qu'il aura à lire les textes précités, de s'accroupir sur son arrière-train, les paumes jointes et les avant-bras appuyés sur ses genoux...

2. M. le Vicomte de Chimpanzé, Colonel de l'Infanterie des Maraudeurs.

3. M. le Comte Oryctérope de Groin, capitaine de l'Artillerie lourde contre les Fourmis.

4. M. le Marquis de Chat Huant, Lieutenant-Colonel de la « Royal-Air-Humide », Commandant l'escadrille lilliputienne basée à « Terrain mouvant[2] *».*

2. Sur le manuscrit, « Terrain mouvant » a été rayé et remplacé par « Bla-Alama ». Faute de note explicative sur le sens de ce dernier

M. le Vicomte de Gorille se joindra au cortège en qualité d'observateur-brouilleur. Il revêtira pour la circonstance la grande tenue de John Bull dérobée à Accra.

Article 3. *La Baronne Hyène de Train Arrière Surbaissé et le Duc Vautour de Crâne Chauve sont chargés de l'exécution du présent décret-bulle, lequel sera hurlé, barri, piaillé et ululé partout où vivent carnivores et charognards.*

*

Une fois le décret-bulle imprimé sur toutes les feuilles des plantes à tige droite, grimpante ou rampante, c'était l'arrêt de mort pur et simple pour tous les charognards et consorts qui viendraient à déterrer un cadavre afin de s'en nourrir.

Peu de temps après, Hyène-Mère mourut. Elle fut enterrée en grande pompe, avec force cérémonies, discours et salamalecs en tous genres.

La seconde nuit suivant l'enterrement de sa mère, la Baronne Hyène de Train Arrière Surbaissé, taraudée par la faim, sortit de son terrier. Elle se faufila jusqu'au cimetière où gisait sa mère, suppliant Papa Bon Dieu de lui envoyer des ténèbres si profondes que l'obscurité elle-même n'y retrouverait son chemin qu'en tâtonnant... Et là, au plus profond de la nuit, la Baronne déterra sa mère et la mangea. Comme elle se redressait pour s'éloigner, un éclair malencontreux

nom (peut-être un nom de lieu ?), il nous a semblé préférable, pour les lecteurs non africains, de revenir au terme d'origine « Terrain mouvant ».

jaillit brusquement des nues. La Baronne eut si peur qu'elle se soulagea sur place de trois petits tas de ce que vous devinez...

Le lendemain matin, la Baronne se présenta devant Sa Majesté Lion XVIII, émettant force lamentations lugubres :

« A moi, Empereur ! Ma mère, oui, ma pauvre mère a été déterrée et dévorée cette nuit ! A mort les violateurs de tombes, violateurs de Votre loi, ô Empereur... »

Sa Majesté Lion XVIII manda sur-le-champ la Comtesse Cigogne des Migrateurs.

« Je viens d'être informé, lui dit-il, qu'un vampire a osé violer mon décret-bulle. Il faut que tu prennes ton vol et te rendes partout, claquant du bec, pour convoquer tous les peuples de la jungle, et surtout, surtout, la gent carnivore, qu'elle soit quadrupède ou ailée. J'exige que tout le monde se réunisse demain matin, avant que le soleil n'ait ouvert son œil unique et baigné de sa lumière la clairière des acacias située à l'ouest de la Mare clapoteuse. Que tout le monde soit présent et attende sous le vieux baobab de l'Éléphant-Boiteux, sous peine d'être déchiré à coups de griffes et de dents ! »

Ayant dit, Lion XVIII convoqua Son Éminence le Marabout Cigogne à Sac, Prélat des Marais. Il le nomma juge et lui donna pleins pouvoirs pour instruire l'affaire de l'exhumation et de la consommation du cadavre de Hyène-Mère, avec ordre de poursuivre et de punir implacablement le ou les coupables.

Une fois l'enquête préliminaire terminée, il fut procédé à l'arrestation de plusieurs suspects. De nombreux témoins furent convoqués.

A l'issue d'une instruction longue et houleuse, un tribunal tint enfin ses assises sous la haute présidence de Sa Majesté Lion XVIII, Empereur de la Jungle et Roi du Désert. Le juge – Son Éminence le Marabout de Cigogne à Sac – avait revêtu un costume blanc sur lequel il avait jeté un manteau d'un gris-bleu tirant sur le vert. Une fois la Cour en place, il claqua de son long bec pour obtenir le silence, puis déclara à haute et forte voix :

« Mesdames, Mesdemoiselles, Messieurs ! Sa Sérénissime Majesté, notre vénéré Empereur Lion XVIII, m'a donné pleins pouvoirs pour poursuivre et punir ainsi qu'il convient le ou les auteurs d'un crime d'autant plus odieux qu'il viole à la fois un décret-bulle impérial... et la pudeur de feu la Très Honorable Hyène-Mère. »

Se tournant alors vers les inculpés, Son Éminence les interpella :

« Quant à vous, sieurs honorables inculpés, je sais qu'il en est parmi vous qui se flattent de posséder de puissantes relations... Je sais aussi qu'ils essaieront d'en user pour se faire élargir. Ce sera peine perdue, car bien qu'étant dépendant en d'autres circonstances, ici, en matière de justice, je suis pleinement indépendant. Et je vous prie de croire que je suis doublement immunisé contre toute intervention, qu'elle vienne de la voûte des cieux ou des entrailles de la terre !

« Je conseille donc vivement au coupable de venir se présenter avant l'ouverture des débats et de me confier à l'oreille, ou à la rigueur à l'oreille de mon Greffier en chef : "Je suis l'auteur du crime." Cette déclaration lui vaudra une appréciable circonstance atténuante, dont il pourra à volonté exploiter l'étendue. »

Bien entendu, personne ne se dénonça. Son Éminence Cigogne à Sac donna alors l'ordre au Greffier, le Marquis de Gobe Mouches à Bec Aplati, d'envoyer les inculpés à la barre.

La parole fut donnée en premier lieu à la Tribu des Bovidés. Le Comte de Bœuf Sauvage se présenta et déclara :

« Je suis le délégué général de tous ceux qui broutent de l'herbe pour se nourrir. »

Le Greffier lui dit :

« Auriez-vous l'amabilité de vous poster sur votre arrière-train en levant les cornes, de placer votre patte gauche entre les branches de la fourche de déposition et de beugler : "Je dirai la vérité, rien que la vérité, toute la vérité !" ? Dites : "Je le beugle !"

– Je le beugle ! mugit le Comte de Bœuf Sauvage.

– Quels sont vos nom, prénoms, surnom et tout ce qu'il faut pour situer et distinguer votre personne ? demanda le Greffier.

– Je me nomme Comte de Bœuf Sauvage. Ma mère s'appelle... attendez un peu... Ah oui, c'est ça, elle s'appelle, je crois : Gnou, née Antilope, de la Tribu des Bovidés.

– Et votre père, Monsieur le Comte ?

– Chut, ne criez pas trop fort, Marquis. Ce n'est qu'à la dernière minute que j'ai pu me procurer une mère... Ne parlez donc pas de père, c'est un luxe superflu...

– Où êtes-vous né ?

– Encore un luxe somptueux ! Je ne suis pas "né", mais j'ai été parachuté au pays des "Trois Bois", commune de "Vert", arrondissement de "Demi Sec", département de "Tout Sec".

– Quelle est votre profession ?

– Expert herbivore. »

Son Éminence le Juge Cigogne à Sac prit alors le relais et entama l'interrogatoire proprement dit.

« Monsieur le Comte de Bœuf Sauvage ! Connaissez-vous l'existence d'un lieu appelé "Nous-Verrons" ?

– Oui Éminence. J'ai entendu dire que c'était le cimetière où Hyène-Mère avait été enterrée, il y a de cela quelques levers et couchers de soleil.

– Que savez-vous de l'acte de vampirisme perpétré sur le corps de Hyène-Mère ?

– J'ignore tout de cette affaire. Je puis cependant affirmer qu'aucune antilope de mes trois tribus n'est au courant de l'exhumation ni de la consommation du cadavre de Hyène-Mère. Aucun ruminant, d'ailleurs, ne devrait être inquiété en cette affaire, qui concerne plutôt les carnivores et les charognards.

– Et pourquoi aucun ruminant ne devrait être inquiété ?

– Parce que les miens ont une peur bleue des carnivores, même privés de vie. Notre absence de canines et d'incisives supérieures fait que nous vivons d'herbe et non de chair, et moins encore de charogne. Pour quelle raison irions-nous déterrer le corps de Hyène-Mère, nous exposant ainsi inutilement aux représailles de notre vénéré Empereur Lion XVIII ? »

Son Éminence le Juge Cigogne à Sac s'abaissa alors respectueusement jusqu'à l'oreille impériale et y glissa quelques mots à voix basse. Sa Majesté Lion XVIII assistait en effet aux débats afin de pouvoir, le cas échéant, trancher toute difficulté qui pourrait surgir au cours de l'audience.

Ayant entendu le Juge, l'Empereur prit la parole :

« Après audition de la déposition du Comte de Bœuf Sauvage et des explications claires et précises qu'il a fournies,

« Vu le rapport déposé par le Docteur Panthère, ex-interne des Hôpitaux des Félidés, rapport dont les conclusions établissent qu'en raison même de la disposition particulière de l'extrémité de leurs pattes ainsi que de leur constitution stomacale spéciale, aucun ruminant n'est en mesure de déterrer un corps pas plus que d'ingurgiter de la chair,

« Attendu qu'une contre-expertise médicale effectuée par le Docteur Caïman a confirmé que tout animal possédant un estomac divisé en panse, bonnet, feuillet et caillette ne peut vivre de chair,

« Je décide, parce que telle est ma bonne volonté agrémentée de mon bon plaisir, qu'aucun animal petit ou grand appartenant aux tribus des herbivores, frugivores et granivores, quel que soit le nombre de ses pattes et sa manière de s'en servir, ne sera plus inquiété, ni même entendu, dans l'affaire qui nous occupe. Celle-ci ne visera désormais que les seuls carnivores — fils et membres de la famille impériale exceptés, bien entendu ! »

Cela étant dit, Sa Majesté ajouta :

« Attendu que le Soleil, au vu et au su de tout un chacun, tombe de sommeil et n'est plus capable de tenir ses paupières ouvertes, je déclare l'audience levée pour "raison nocturne". Elle reprendra demain, dès que le disque solaire sera parvenu à une hauteur égale à celle de la longueur d'une hampe de lance peule ! J'ai dit ! »

Aussitôt, l'auditoire se dispersa.

SECONDE AUDIENCE

Au petit matin, après une nuit de réflexion ou de repos, selon les cas, le tribunal se retrouva pour sa seconde séance. Il s'était fait adjoindre le Vicomte Agami[3] de la Grue Couronnée, chargé des fonctions de « trompetteur judiciaire ». Le Vicomte trompetteur, ainsi que les membres de la Cour, s'avancèrent pour occuper leurs places respectives.

Sa Majesté Lion XVIII rugit trois fois et ouvrit la séance.

Son Éminence le Juge Cigogne à Sac ordonna au Greffier, Marquis de Gobe Mouches à Bec Aplati, de faire introduire les inculpés. Le Greffier procéda alors à l'appel successif de tous ceux contre qui le tribunal avait retenu des griefs.

« Monsieur Circaète des Aigles[4] ?

3. L'un des noms (sud-américain) de l'« oiseau-trompette », de la famille des grues. *(H.H.)*

4. Circaète : nom désignant une certaine classe d'aigles, oiseaux rapaces diurnes appartenant à la famille des falconidés. *(H.H.)*

— Présent !

— Vos nom, prénoms, qualité, etc.

— Je m'appelle le Chevalier Circaète des Rapaces Diurnes, fils de feu Falconidé et de mère inconnue, domicilié à Régions Boisées, fabricant de survêtements brun-fauve et de sous-vêtements brun rousseâtre. »

Son Éminence Cigogne à Sac prit la suite de l'interrogatoire :

« Combien de tribus représentez-vous, Chevalier ? »

— Éminence, moi-même, comme mon père, le père de mon père, le père du père de mon père et les pères ascendants du grand-père de mon père, nous avons toujours, nuit et jour, représenté douze Tribus réparties dans le monde depuis le point où le soleil levant quitte son berceau jusqu'à celui où il rejoint son tombeau, depuis la limite du pays désertique où ne croît aucune végétation jusqu'aux confins des forêts touffues au point de ne laisser la place à aucun espace vide.

— Les vôtres sont-ils carnivores ?

— Oui, Éminence, de père en fils, et depuis des milliers de générations...

— De quelle sorte de chair vivez-vous ?

— De la chair des libellules.

— Quand travaillez-vous pour vous procurer votre nourriture ?

— Les miens, comme moi-même, travaillons uniquement du lever au coucher du soleil. Jamais la nuit.

— Vous pouvez disposer, Chevalier de Circaète.

— Merci, Éminence. »

Le Greffier appela : « Madame Dionée[5] ! »

Une dame particulièrement svelte sortit du rang et s'avança en sinuant. Après la question rituelle posée par le Greffier, elle déclina son identité :

« Je me nomme Dionée, fille de Droséracées[6]. »

Son Éminence Cigogne à Sac se tourna vers le Greffier et le fixa d'un air interrogateur. Mme Dionée était en effet une plante citoyenne des Amériques, plus précisément de l'Amérique du Nord. Le Greffier expliqua :

« Éminence, Mme Dionée est une carnivore. C'est pourquoi l'instruction a cru bon de la faire comparaître à la fourche de déposition. »

Son Éminence se pencha alors vers l'Empereur... qui somnolait doucement ! Elle lui murmura quelques paroles à l'oreille. Sa Majesté Lion XVIII, dressant queue, oreilles et crinière, se redressa sur son séant et questionna lui-même l'intéressée.

« Madame Dionée, bien que plante, reconnaissez-vous être carnivore ?

– Oui, sire, je le suis, de même que tous les miens.

– Et... comment vous y prenez-vous pour capturer votre prise, puisque vous êtes une plante ?

– Votre Majesté, Papa Bon Dieu était très lié avec notre ancêtre, mais ce dernier était un peu négligent. Le jour où Papa Bon Dieu procédait à la distribution des griffes, pattes, serres et becs crochus, notre ancêtre arriva en retard. Tout avait été distribué.

5. Nom d'une plante carnivore d'Amérique. *(H.H.)*

6. Famille végétale à laquelle appartient la dionée – du nom de la *drosera*, plante carnivore des tourbiers. *(H.H.)*

Alors Papa Bon Dieu, par pure complaisance, dota notre ancêtre de poils tactiles, avec faculté de les léguer éternellement de père en fils à toute sa race. Depuis lors, sitôt qu'un insecte frôle les cils de l'une de nos feuilles, celle-ci, tels les doigts d'une main, se recourbe et emprisonne l'imprudent, qui paye sa témérité de sa vie.

– Madame Dioné, vous êtes libre ! déclara Sa Majesté. C'est par suite d'une regrettable erreur judiciaire que vous avez été citée devant notre tribunal. Nous vous présentons toutes nos excuses, en espérant qu'aucune complication diplomatique n'en résultera avec les autorités d'Amérique du Nord.

« Marquis de Gobe Mouches, veuillez appeler les autres inculpés ! »

Le premier des inculpés restant à interroger se présenta. Comme tous ceux qui l'avaient précédé, il répondit aux questions du Greffier sur son état-civil :

« Je m'appelle M. Dingo[7], fils de Dingo et de feue Sauvage. Je suis né en Australie.

– Que faites-vous dans la vie civile ?

– Dinguer. »

Irrité, Son Éminence lui lança :

« Ainsi vous vous appelez Dingo, et votre métier consiste à "dinguer" ? Espéreriez-vous, par hasard, pouvoir "pigeonner" la Justice ? J'aime mieux vous le dire tout de suite, ami Dingo, vous perdez votre temps. Et pour commencer, puisque vous êtes citoyen

7. Nom (authentique) d'un chien sauvage d'Australie. *(H.H.)*

australien, veuillez me dire pourquoi vous avez quitté votre pays et me présenter vos “passe-forêts” en règle.

— Éminence, les miens, chiens sauvages d’Australie, sont en voie de complète disparition. J’ai fui pour épargner ma vie et conserver au monde un spécimen de ma race. Mais comme tout fuyard, hélas, je n’ai pu me munir ni de “passe-forêts” ni de “traverse-fleuves”. »

Sa Majesté Lion XVIII toussota :

« Si je vous laissais continuer, mes chers amis, vous finiriez par m’amener ici dans quelques instants mon plus mortel ennemi, l’Impérial Bimane, fils de Bipède-Monsieur-Homme, lui-même fils d’Adam et Ève. Inutile de dire qu’avec l’humeur batailleuse que nous lui connaissons, les choses ne se passeraient pas aussi courtoisement qu’avec Mme Dionée et M. Dingo...

— Sire, intervint le Greffier, nous n’avons plus à entendre que trois délégués : celui des Panthères, celui des Hyènes et celui des Vautours.

— Alors faites vite, et qu’on en finisse ! grogna Sa Majesté.

— Greffier, faites introduire le représentant des Panthères », ordonna Son Éminence le Juge Cigogne à Sac.

Le représentant — ou plutôt la représentante, car c’était une dame Panthère — entra aussitôt. Le Greffier lui fit subir le traitement d’usage :

« Avant de décliner vos nom, prénoms, et tout ce qui s’ensuit... veuillez jurer de miauler la vérité, toute la vérité, vérité verte ou mûre, quelle qu’elle soit. Dites : “Je le miaule.”

– Je le miaule ! répéta la représentante des Panthères.

– Quel est votre nom ?

– Je m'appelle Panthère de Félidés, fille de feu Panthère et de son épouse Férocité.

– Quel est votre métier ?

– Grimpeuse diplômée.

– Où demeurez-vous ?

– J'habite 15 rue de l'Affût, dans le 7e arrondissement des Branches Drues, zone Afrique indépendante.

– Êtes-vous mariée ?

– Je suis l'épouse du Marquis de Peau Jaune.

– Marquise de Peau Jaune ! dit Son Éminence. Je vous appellerai donc ainsi, car vous devez porter votre nom de Panthère mariée et non votre nom de jeune fille...

– Non, Éminence, répliqua Mme Panthère. Je continuerai de porter mon nom de jeune fille ! Cette coutume qui veut qu'après son mariage une épouse troque son nom contre celui de son époux est l'une de celles qui ont été commandées aux "Galeries Familiales Européennes" ! Je me refuse à l'appliquer ! Je suis une panthère africaine, et je préfère utiliser ce que j'ai trouvé dans le vieux panier de ma grand-mère !

– Soit. Que savez-vous sur cette affaire d'Hyène-Mère ? »

Au lieu de répondre à cette question, Mme Panthère prit un air détaché et dit :

« Le manteau que mon mari aime porter entre tous est couvert de taches marbrées... »

Son Éminence claqua sèchement du bec et rappela la Panthère à l'ordre :

« Madame Panthère, ne jouez pas les idiotes ! Je sais que vous mesurez au garrot quatre fois vingt centimètres à un millimètre près et que vous pesez cinquante kilos. Tout cela ne m'intéresse nullement, pas plus que les préférences de votre mari. Ce que je vous demande, dans l'intérêt de la Justice, c'est de répondre avec précision à la question que je vous pose en ma qualité de Juge. »

Mme Panthère coula alors un regard langoureux et fort prometteur à l'adresse de Son Éminence... Interloqué, ce dernier se pencha doucement vers l'oreille de Sa Majesté et lui dit à voix basse :

« Sire ! Auriez-vous décrété à mon insu que Cigogne et Panthère peuvent... ?

– Il n'en est pas question ! protesta Sa Majesté. Quel galimatias matrimonial cela ferait !

– Eh bien, Sire, Mme Panthère est en train de me lancer un de ces regards... Un tel regard ne peut signifier que deux choses : ou bien copulation, ou bien croquement.

– Ah ah ! fit l'Empereur. Vous avez peur d'être croqué par Dame Panthère ?

– Je l'avoue, sire. On m'a laissé entendre qu'elle était tenace et très dangereuse, rusée et fort adroite. Et avec cela, douée d'une implacable suite dans les idées !

– Certes, reconnut Sa Majesté, les griffes de Mme Panthère sont des grappins montés sur quatre pattes agiles. Mais... tant que vous représentez Ma Justice suprême, elle se gardera bien de toucher au moindre des duvets de votre corps. Allons ! Continuez votre interrogatoire comme vous l'entendez, et ne vous inquiétez de rien. Je suis là, et mes dents et mes griffes ne sont nullement déchaussées... »

Rassuré, Son Éminence le Juge Cigogne à Sac reprit son interrogatoire, non sans une certaine désinvolture :

« Écoutez-moi bien, madame Panthère ! Je ne suis pas un noyé et n'ai donc nul besoin de vous ni de personne pour haler mon corps jusqu'au rivage. Vous allez séance tenante répondre à mes questions, et avec des réponses qui tiennent debout. Sans quoi, comme disent les militaires français de l'espèce Bimane d'Europe, je vous collerai au gnouf ! Maintenant, dites-moi quelle est votre date de naissance.

— Je suis née l'année où les chauves-souris ont tendu à la verticale des pièges confectionnés en fils de toile d'araignée pour arrêter les oiseaux métalliques qui survolaient leur territoire. Voilà !

— Et que savez-vous de l'affaire Hyène-Mère ?

— Rien, Éminence, sinon que de mauvaises langues font courir un bruit selon lequel la tribu des Hyènes serait elle-même mieux renseignée que quiconque sur cette affaire. Dame Effraie[8] aurait même été menacée de mort par quelqu'un si elle venait à dire un seul mot de ce qu'elle sait sur cette affaire... Or, rien ne se passe la nuit sans que Dame Effraie le sache aussitôt !

— Introduisez le représentant des Hyènes ! » intervint nerveusement Son Éminence.

Qui donc aurait pu mieux représenter les Hyènes que leur Cheffesse, la Baronne Hyène de Train

8. Oiseau rapace nocturne appartenant à la famille des chouettes. *(H.H.)*

Arrière Surbaissé elle-même ? Elle se présenta donc à la fourche de déposition.

« Chère amie, lui dit Son Éminence, l'instruction d'une affaire est comme un filet qu'on lance dans les eaux. On le hale du large vers le rivage, et ceux qui restent pris dans ses mailles subissent le poids de la justice. Or, à l'heure actuelle, il ne reste que deux "prises" dans notre filet : vous-même, et M. le Duc de Vautour. Je me vois dans la triste obligation de me montrer impartial et rigoureux, en raison des présomptions graves et regrettables qui pèsent sur vos deux tribus.

« Amie, je fais donc appel à votre conscience, car tout d'abord il s'agit de votre propre mère, et ensuite de la violation d'une loi que vous avez vous-même conçue, présentée et défendue. Soupçonnez-vous quelqu'un d'être coupable de ce méfait ? Il ne reste plus, au banc des accusés, que les vôtres et les vassaux du Duc de Vautour. Et il a été dit ici, à cette fourche, que l'un des vôtres aurait menacé Dame Effraie de mort si elle se hasardait à dire quoi que ce soit sur l'affaire concernant votre regrettée Mère...

— Quel impudent a pu avancer une pareille affirmation ? Où et quand ai-je jamais proféré des menaces à l'encontre de Dame Effraie ? Rapace nocturne tout comme moi-même, elle est l'une de mes amies. Les miens sont d'ailleurs en excellents termes avec toutes les unités de cette vaillante escadrille lancée à la poursuite des rats, souris et insectes parasites de toutes les espèces.

— Il ne s'agit pas de vous, chère amie. »

On interrogea toutes les hyènes. Toutes, à l'exception de la Baronne, furent en mesure de fournir un alibi démontrant qu'il leur aurait été impossible de se trouver la nuit du crime au cimetière de « Nous-Verrons ». Quant à la Baronne elle-même, elle donna deux versions contradictoires de son emploi du temps durant la fameuse nuit...

Son Éminence fit suspendre l'interrogatoire et ordonna aussitôt la comparution du Duc de Vautour.

Le Greffier s'adressa à ce dernier selon l'usage :

« Monsieur le Duc ! Levez la patte gauche, l'aile droite et la tête, baissez la queue et jurez de dire la Vérité, toute la Vérité, et rien que la Vérité, verte ou mûre. Dites : "Je claque mon bec."

– Je claque mon bec ! » répéta le Duc. Après quoi il déclina : « Je me nomme Duc de Vautour de Crâne Chauve, fils du Duc de Vautour de Valturidés et de Duchesse Vautour de Moine. J'ai été pondu en Hautes-Montagnes, dans le département du Nord-Est africain. Quant à ma profession, je suis voilier-planeur qualifié. »

Son Éminence le Juge était fort ennuyé de n'avoir pas encore pu découvrir le coupable. Gagné par l'irritation, il interrogea le Duc de Vautour avec nervosité, voire un peu méchamment :

« Reconnaissez-vous, oui ou non, appartenir à la race de ceux qui vivent de cadavres ?

– Oui, Éminence.

– Reconnaissez-vous pouvoir découvrir votre proie de très loin grâce à vos aptitudes d'excellent planeur ?

– Oui, je le reconnais.

– Êtes-vous au courant du forfait perpétré sur le cadavre de Hyène-Mère, il y a de cela quelques soleils ?

– Oui.

– Reconnaissez-vous avoir prononcé des menaces contre Dame Effraie ?

– Une mise en garde, oui, mais des menaces, non, Éminence !

– Ah ! Nous y voilà ! Et que savez-vous du forfait commis sur le cadavre de Hyène-Mère ?

– Pas grand-chose, Éminence.

– Eh bien, si vous ne savez pas grand-chose sur cette affaire, je vais, moi, vous en dire une bien précise et surtout bien accablante : vous êtes soupçonné d'avoir, voilà trois soleils, survolé, frôlé, puis nettement rasé l'enceinte du cimetière de "Nous-Verrons". Vous vous êtes finalement posé à l'intérieur du cimetière où vous avez à loisir déterré et mangé le cadavre de Mme Hyène-Mère, et cela en violation du décret-bulle de Sa Majesté l'Empereur Lion XVIII !

« Eu égard aux autres présomptions qui pèsent sur vous, je vous inculpe de vandalisme d'abord, de vampirisme ensuite.

– Éminence, quelles sont donc les autres présomptions qui pèsent contre moi ?

– Je ne vous permets pas de me poser des questions ! Ici, c'est moi qui les pose. Et je vous commande d'y répondre, si vous ne voulez pas vous voir mis à la disposition du Vicomte Plumassier de Plumasserie, car lui, il saura vous faire parler, je vous le garantis ! »

Sur ce, la Baronne Hyène de Train Arrière Surbaissé, très heureuse de voir le Duc de Vautour en si mauvaise posture, demanda à compléter sa déposition.

« Vous avez la parole, Baronne, lui dit Son Éminence.

– Tout à l'heure, dit la Hyène, n'ayant pas de preuves formelles attestant que le Duc de Vautour avait bien menacé Mme Effraie, je craignais de dire tout ce que je pense de lui dans l'affaire concernant ma pauvre mère. Mais plus de trente hyènes m'ont dit que seul le Duc de Vautour avait pu déterrer et manger son cadavre... D'ailleurs, rien qu'à sentir la pestilence qu'il répand, je ne puis plus douter que c'est bien lui qui a commis ce forfait ! »

Son Éminence approuva d'un hochement de tête les dires de la Baronne et l'assura que la Justice ne faillirait point. Puis elle s'adressa au Duc de Vautour :

« Vous êtes fait, mon ami ! Votre aspect hideux, votre bec long et crochu, vos serres redoutables sont autant d'indices accablants contre vous.

– Condamnez-moi donc, puisqu'il vous faut une victime, riposta le Duc. Mais, permettez-moi de vous le dire, le procédé qui consiste à ne pas me révéler les autres soupçons qui pèsent sur moi est une véritable contrefaçon de la Justice ! Si Votre Éminence – sauf le respect que je lui dois – se donnait la peine de réfléchir, elle se rendrait compte que ma vue de "voilier-planeur", si perçante soit-elle, ne peut déceler qu'un cadavre abandonné à découvert. Or il me semble que le cadavre de Hyène-Mère était enfoui sous terre... D'autre part, mon bec est crochu, certes, mais pas si long que cela ; il est donc doublement impropre à déterrer.

« Finalement, sur quels faits se base-t-on pour m'accabler ? Sur mon aspect dit "hideux" et mon odeur dite “pestilentielle” ? Il est curieux que ce soient là les seuls arguments valables à m’opposer pour me suspecter, m’accuser, et surtout me condamner ! Je vous croyais, Éminence, assez “haut sur pattes” pour apercevoir la vérité de loin et la distinguer de l’erreur.

« Pour m’incriminer formellement d’avoir déterré et dévoré le cadavre de sa mère, la Baronne Hyène de Train Arrière Surbaissé s’est contentée ici, à la fourche de déposition, de faire état de mon odeur. Si c’est à l’odeur que l’on reconnaît les déterreurs de cadavres, alors il me semble que l’odeur de la Baronne elle-même est de loin plus nauséabonde que la mienne... Et si mon bec et mes serres ne sont pas aptes à déterrer, il en va tout autrement des pattes et des mâchoires de la Baronne, sans parler du fait que le cadavre a été déterré et mangé la nuit. Or aucun des miens, y compris mon cousin Vautour Barbu, ne fait partie des “nocturnes”. Nous cessons toute activité avec le coucher du soleil...

« De plus, Éminence, si vous daigniez consulter le fichier secret de la Brigade de Surveillance du Territoire Animal, vous auriez la preuve irréfutable que les hyènes sont un peuple qui vit de charognes et de cadavres déterrés. Et pour ce qui est de l’odeur, les hyènes ont été déclarées inaptes au Service militaire des Ménageries en raison de leur fétidité ! »

Son Éminence, visiblement remué par ce discours, coula un regard énigmatique vers la Hyène :

« Qu’avez-vous à répondre, Madame la Baronne ? »

Avant que la Baronne ait eu le temps de dire un mot, M. Hibou, Commissaire de police, chef de la Brigade nocturne et de la Sûreté générale de l'Empire, survint en trombe pour remettre d'urgence un rapport à Son Éminence le Juge Cigogne à Sac. Ce dernier parcourut rapidement le rapport, puis regarda attentivement le Duc de Vautour :

« Monsieur le Duc, votre intérêt même est de dire tout ce que vous savez sur cette affaire. Je commence à croire... mais je ne peux achever...

– Éminence, dit le Duc, j'habite dans un arbre tout proche du cimetière de "Nous-Verrons". J'étais déjà perché dans ses hautes branches quand Hyène-Mère fut enfouie sous terre. J'y étais aussi la nuit où celui qui l'a déterrée a pénétré dans l'enceinte du cimetière. Comme je ne dormais pas encore, je sais exactement à quel endroit il l'a mangée, car un éclair a brusquement déchiré les ténèbres alors que le vampire venait d'achever son repas. Son train arrière était nettement surbaissé ; mais je jure que celui que j'ai vu n'avait ni la taille de Mme Chamelle ni celle de Mme Girafe. Donc, aucune confusion n'est possible avec ces deux honorables dames dont le train arrière est également surbaissé.

« Je ne suis d'ailleurs pas le seul à avoir aperçu le vampire. Dame Effraie, de la Brigade nocturne de la Police féminine, en a vu tout autant que moi. Voilà pourquoi je l'ai mise en garde : je l'ai menacée de la dénoncer au cas où elle n'accomplirait pas son devoir d'information. Mais j'ai maintenant toutes raisons de croire qu'elle a dûment fait son compte rendu au Commissaire Hibou.

« Si donc la Baronne Hyène de Train Arrière Surbaissé maintient plus longtemps ses accusations gratuites à mon encontre, je hurlerai le nom du coupable – bien que ce coupable sache hurler infiniment mieux que moi-même ! »

Son Éminence se tourna de nouveau vers la Baronne :

« Qu'avez-vous à opposer aux nouvelles déclarations du Duc de Vautour ?

– Éminence, je suis tout à fait comblée par les déclarations du Duc de Vautour ! Je viens en effet d'acquérir la certitude que la tombe de ma mère était bien gardée, ce qui est d'un grand réconfort pour moi. Je sais donc tout ce que je voulais savoir... Cela dit, je trouve que les débats ont trop duré. Or, toute affaire qui traîne en longueur finit par se gâter. A trop frapper sur la peau du tam-tam, on finit par la crever, faussant ainsi la musique que l'on est en train de jouer.

« Pour obliger tout le monde, je retire donc ma plainte et demande comme une faveur à Sa Majesté notre Empereur Lion XVIII d'ordonner que l'affaire soit classée sans suite. »

Pendant que la Baronne, la bouche écumante, pérorait ainsi, Sa Majesté Lion XVIII était resté plongé dans la lecture du rapport confidentiel que venait de déposer devant lui le Commissaire Hibou. Lorsqu'il eut terminé sa lecture, son comportement même témoignait de son embarras : bâillant à s'en décrocher la mâchoire, il tira longuement sa langue au-dehors, puis dénuda ses crocs comme pour prouver à l'assistance qu'ils étaient au complet et fort bien plantés... Enfin, ayant recouvré son calme habituel, il fit suspendre la séance afin de permettre aux membres du tribunal de délibérer dans le secret avant de se prononcer en public.

Quelques instants plus tard, l'audience reprit. Son Éminence le Juge Cigogne à Sac lut le verdict du Tribunal :

VERDICT

– Attendu que les dépositions de la Baronne Hyène de Train Arrière Surbaissé et du Duc de Vautour de Crâne Chauve ont été entendues, ainsi que les interrogatoires et confrontations auxquels Son Éminence le Juge Marabout de Cigogne à Sac a procédé, l'affaire de Hyène-Mère est suffisamment mise en lumière pour être jugée ;

– Attendu que le rapport ultraconfidentiel déposé par le Commissaire Chef de la Sûreté générale de l'Empire, le Vicomte Hibou de Chouette, a souligné que cette affaire relevait éminemment de la Raison d'État, le coupable étant politiquement tabou en raison de son appartenance aux « Gros » du régime et de son statut de protégé des « Gras » de l'Empire ;

– Attendu que Sa Majesté Lion XVIII a déclaré qu'elle préférait commettre une injustice plutôt que de donner à croire aux « Petits » qu'ils pouvaient échapper à la loi naturelle et éternelle qui fait d'eux la proie intermittente des « Grands » ;

– Attendu que cette loi est toujours en vigueur dans toutes les Provinces de l'Empire, aussi bien celles des Eaux-Douces que des Eaux-Salées, aussi bien celles de Terre-Ferme que celles d'Entre Terre et Ciel ;

– Attendu que l'article 33 du Code d'Entraide et Protection mutuelle des « Grands » n'a jamais été abrogé depuis que le Monde a été divisé en

« zone administrante » et « zone administrée », la première étant occupée par les « Forts » et la seconde par les « Faibles » ;

— Attendu que le paragraphe 12 dudit article a été renforcé en long, en large et en hauteur à l'insu de la masse ;

— Attendu que, du témoignage de tous les conteurs, voyants et sorciers de tous les siècles successifs, il a été établi — qu'on le veuille ou non, qu'on l'affiche ou qu'on le cache — que dans tous les pays du monde et de tous temps, l'Autorité n'a jamais fait et ne fera jamais que changer de nom sans jamais changer de manière d'être et d'agir ;

— Attendu que l'Autorité ne peut cesser de sévir sous peine de mourir :

L'Empereur Lion XVIII,
assisté de ses Juges au garde-à-vous
et agissant au nom du présent Tribunal,
décide :

— que l'affaire de Hyène-Mère sera purement et simplement rangée parmi les affaires qui se sont terminées en queue de poisson ;

— qu'en conséquence elle sera soigneusement étouffée, jusqu'à ce que l'oubli total se fasse sur elle.

La présente décision est confiée à la diligence des agents nantis des pouvoirs discrétionnaires délégués par l'Autorité impériale.

Il en est ainsi jugé et décidé, étant précisé que tout appelant contre ce jugement ne pourra que décéder dans des conditions mystérieuses.

Fait les jour et mois que dessus, en l'An Démon-Cracheur d'égalité horizontale des êtres, compte non tenu de leur valeur verticale.

L'Empereur,

signé :
Lion XVIII

Le Juge,

signé :
Son Éminence le Marabout de Cigogne à Sac

Pour copie conforme à ne pas publier sous peine de soixante-dix-sept coups de trique appliqués sur la partie la plus charnue de l'individu.

Le Greffier en chef
signé :
Marquis de Gobe Mouches à Bec Aplati

Annexe

Manuscrits des contes

Les contes présentés dans ce recueil ne figuraient pas dans les archives d'Amadou Hampâté Bâ sous la forme d'un recueil tout préparé. C'est au cours du temps, à l'occasion d'un classement de documents ou d'une recherche sur tel ou tel sujet, que je les ai découverts. Après m'être assurée qu'il n'y en avait plus d'autres immédiatement exploitables, je les ai rassemblés en vue de la présente publication [1].

Ces récits ont été soit écrits de la main d'Amadou Hampâté Bâ, soit dactylographiés par lui, à des dates s'échelonnant entre 1938 et 1960. Certains sont signés et datés par lui ; on peut cependant situer

1. Une première série de « contes de la savane », rapportés par Amadou Hampâté Bâ, avait été publiée aux Nouvelles Éditions Africaines (NEA) d'Abidjan en 1987 sous le titre *La Poignée de poussière* (épuisé par suite de la disparition de cet éditeur). Cet ouvrage fut repris en 1994 par les Nouvelles Éditions Ivoiriennes (NEI) d'Abidjan et, la même année, également publié par les Éditions Stock à la suite du conte « Petit Bodiel » dans le livre *Petit Bodiel et autres contes de la savane* (Paris, 1994).

approximativement l'ancienneté de ceux qui ne sont pas datés par l'état du papier (manuscrit ou dactylographié) et sa comparaison avec les documents datés.

Les archives contiennent également quelques manuscrits présentant une trame extrêmement réduite de certains contes, trop réduite pour être utilisable.

Cas spécial du conte « Le cadavre de Hyène-Mère »

Ce conte figure dans les archives d'Amadou Hampâté Bâ sous trois formes différentes :

1. Un manuscrit court intitulé *Au tribunal du lion, la hyène, le cadavre de sa mère et le vautour*, signé et daté du 17 septembre 1959. De toute évidence, ce manuscrit n'est qu'une sorte de condensé du conte originel qui a servi de trame à Amadou Hampâté Bâ pour élaborer le texte final du conte *Le cadavre de Hyène-Mère.*

2. Un manuscrit non daté, intitulé « Le cadavre de Hyène-Mère », et contenant le texte complet et définitif du conte figurant dans le présent recueil.

3. Une copie dactylographiée de ce dernier manuscrit, portant l'indication finale : « Par Amadou Hampâté Bâ, Bamako, avril 1960 », et précisant dans un sous-titre : « Nouveaux contes de l'Afrique noire ». Dans cette version définitive, la trame de base du conte originel a été plus ou moins conservée, mais tous les épisodes du « procès », ainsi que le « verdict » final, ont été ajoutés par Amadou Hampâté Bâ dans un style qui, incontestablement, lui est très personnel.

Sur le deuxième document (manuscrit complet du conte *Le cadavre de Hyène-Mère*) figurent certaines corrections manuscrites rajoutées qui ne sont pas de l'écriture d'Amadou Hampâté Bâ. Ces corrections ont été reproduites dans la copie dactylographiée (elles sont donc antérieures à 1960) avec, en plus, quelques modifications nouvelles. Ces corrections d'origine inconnue étant parfois bienvenues, le plus souvent moins heureuses, il m'a semblé préférable de revenir au manuscrit original d'Amadou Hampâté Bâ (le deuxième document) et de ne conserver que les corrections de forme indispensables.

Titres et sous-titres

La grande majorité des titres et sous-titres des contes sont d'Amadou Hampâté Bâ lui-même. Pour uniformiser l'ensemble, des sous-titres ont été ajoutés là où il n'y en avait pas, tirés soit de motifs figurant dans le texte du conte concerné, soit de proverbes souvent cités par l'auteur (par exemple : « Nul ne peut voir tout seul le sommet de son crâne »).

H.H.

AU TRIBUNAL DU LION, LA HYÈNE, LE CADAVRE DE SA MÈRE ET LE VAUTOUR

Maman Hyène meurt. Sa fille pousse des cris lugubres. Tous les animaux de la jungle répondent aux cris de la malheureuse en deuil.

On alla enterrer Mère Hyène en grande cérémonie. Chacun plaignit Hyène-Fille. On lui serra la patte, puis chaque animal regagna son repaire.

Au beau milieu de la nuit, Hyène-Fille se rendit sur la tombe de sa mère. Elle déterra sa dépouille, puis la mangea. Elle ignorait qu'un vieux Vautour se tenait dans les branches d'un arbre proche, et l'observait.

Le lendemain, Hyène-Fille alla porter plainte contre inconnu auprès du Lion pour violation de la tombe de sa mère et consommation criminelle du corps de la défunte.

Le Lion, furieux de voir bafouée sa loi interdisant de violer les tombes, promit de châtier tous les carnassiers quadrupèdes et de la gent ailée, à moins que le coupable ne se dénonce pour subir le châtiment prévu.

Chaque carnassier vint s'expliquer et donner son emploi du temps. Il ne restait plus que le Vautour et la Hyène. Celle-ci étant au-dessus de tout soupçon, tout le monde pensa que le Vautour était le coupable.

Quand le Lion l'interrogea, le Vautour dit : « J'étais perché dans les branches de l'arbre planté à quelques pas de l'endroit où fut inhumée Maman Hyène. Je suis prêt à dénoncer le vrai coupable, car non seulement j'ai assisté à l'enterrement, mais j'ai également vu l'exhumation. Je connais donc parfaitement celui qui a mangé le cadavre de Mère Hyène. »

La Hyène s'adressa au Lion : « Roi des rois, dit-elle, je suis satisfaite des déclarations de Papa Vautour. Je retire ma plainte. Je vois que ma mère était bien gardée, c'était ce que je voulais savoir. » Et la Hyène partit en hurlant, sans attendre qu'on l'interroge davantage...

Table

INTRODUCTION, par Hélène Heckmann 5

La querelle des deux lézards 16
ou : Il n'y a pas de petite querelle

Le roi qui voulait tuer tous les vieux 26
ou : Nul ne peut voir tout seul le sommet de son crâne

L'homme et le crocodile 36
ou : Le bienfait gâté...

Le marabout trop gourmand 49
ou : La Terre ne ment pas

Bon débarras !... 56
ou : Résultat imprévu d'un prêche

Le chapelet d'or 60
ou : La fidélité récompensée

La coépouse bossue... 66
ou : La méchanceté punie

La fille au masque de bois 69
ou : Le piège des apparences

Le saint homme et la petite souris 85
ou : Qui se ressemble s'assemble

L'origine de la chauve-souris 95
ou : L'étrange fruit d'amours inattendues

La mare aux guenons 98
ou : La vérité n'appartient à personne...

Le berger bossu-bossu 101
ou : Le cavalier solitaire

Le cadavre de Hyène-Mère 124
ou : La justice des Grands

ANNEXE : *Renseignements sur les manuscrits, et texte du conte originel ayant inspiré « Le cadavre de Hyène-Mère »* 153

Achevé d'imprimer sur les presses de

BUSSIÈRE

GROUPE CPI

à Saint-Amand-Montrond (Cher)
en avril 2002

POCKET - 12, avenue d'Italie - 75627 Paris Cedex 13
Tél. : 01-44-16-05-00

— N° d'imp. : 22116. —
Dépôt légal : mai 2002.

Imprimé en France